발명을 통해 **꿈**을 꾸고 **꿈**을 이룬 **여대생들**

발명을 통해
꿈을 꾸고
꿈을 이룬 **여대생들**

초판 1쇄 2016년 11월 28일

지은이 문혜진, 송혜린
발행인 김재홍
편집장 김옥경
디자인 박상아, 이슬기
마케팅 이연실

발행처 도서출판 지식공감
등록번호 제396-2012-000018호
주소 경기도 고양시 일산동구 견달산로225번길 112
전화 02-3141-2700
팩스 02-322-3089
홈페이지 www.bookdaum.com

가격 15,000원
ISBN 979-11-5622-247-7 03810

CIP제어번호 CIP2016027059
이 도서의 국립중앙도서관 출판예정도서목록(CIP)은 서지정보유통지원시스템 홈페이지(http://seoji.nl.go.kr)와 국가자료공동목록시스템(http://www.nl.go.kr/kolisnet)에서 이용하실 수 있습니다.

문혜진, 송혜린
지음

발명을 통해 꿈을 꾸고 꿈을 이룬 여대생들

발명소녀에서 발명리더로 세상을 바꾸는 혜진이와 혜린이의 이야기

도서출판 지식공감

감사의 글

발명만을 외치던 발명 초짜 혜진이, 발명 꼴찌 혜린이가 책을 냈습니다. 고등학교 선후배로의 인연이 닿아, 이제는 대학교 선후배 사이가 된 우리들입니다. 고등학교 시절부터 대학생이 된 지금까지 함께 고민을 나누며 발명활동들을 함께 해나가며 넓은 세상을 경험하고 있습니다.

그리고 대학 입학 후에는 막연한 꿈 하나를 꾸었습니다. 우리들의 경험이 담긴 책을 내고 싶었습니다.

처음에는 이러한 막연하고 무모한 도전에 두려움이 앞섰습니다. 하지만 우리들은 발명을 통해 두려움을 극복하는 방법을 배웠기 때문에 용기를 내어 도전할 수 있었습니다.

그리고 20살 21살의 여대생들은 그 꿈을 이루게 되었습니다.

발명이라는 빛을 알지 못하였더라면, 대학생이 된 지금까지 우리들은 꿈을 꾸지 못했을 것입니다. 꿈 많은 우리들 곁에서 항상 응원해주는 가족 사랑합니다. 그리고 발명의 시작과 알 수 없는 그 끝을 함께 지켜주시는 미래산업과학교 선생님, 서강대학교 Art&Technology 교수님, 차세대영재기업인 그리고 김태식 선생님, 신재경 선생님, 박민희 선생님, 김수인 대표님, 권강현 교수님 감사드립니다.

저자 문혜진, 송혜린

추천사

발명과 발견은 영감과 노력 이전에 하나의 '습관'이다. 디자인 사고(design thinking)를 평소의 습관으로 쌓아 가면서, 꿈을 하나씩 이루어 가는 두 학생의 이야기가 여기 있다. 두 학생의 발명 이야기는 후배들뿐만 아니라 동료와 학부모들께도 큰 도움이 될 것으로 믿어 저자들의 지도교수로서 꼭 일독을 추천한다. 이 책은 독자들이 주위의 가까운 곳에서부터 우리에게 필요한 것들을 관찰하는 눈을 뜨게 하여, 우리 모두가 꿈꾸는 더 좋은 세상을 만들고 이웃에 기여하는 방법에도 '관심'을 갖게 하는 새싹 같은 책이다.

권강현 | 서강대학교 Art&Technology 교수

발명교육이 가지는 가치에 대해 생각하면 가슴이 떨린다. 생각 속에 머무르는 것을 현실로 가능하게 하는 출발점에서 발명교육의 가치가 있는 듯하다. '발명 소녀'에서 '발명 리더'로 세상에 꿈의 가치를 실천한 사례가 이 책에 담겨 있다. 두 학생은 발명·특허 특성화고에서 자신의 가치를 발휘하여 많은 사람의 귀감이 되며 성공이라는 단어에 한 발짝 다가선 가슴 벅찬 현실을 만들어가는 과정을 보여준다. 대한민국 인재 대상에 빛나고 대한민국이 보증하는 멋진 글을 읽어 봐주시길 바란다. 청출어람(青出於藍)을 두 학생을 통해 배우게 된 교사가 되어 정말 행복하다.

신재경 | 미래산업과학고 교사, 교육공학 박사

자신의 정체성을 발견하고 가꾸어 가는 고등학교 시절 혜진이와 혜린이는 참 열심히 재능기부 봉사활동에 참여한 학생들이었다. 눈에 보이지 않는 창의성과 나눔의 가치를 찾아 부단히 자신과의 싸움에서 승리한 혜진이와 혜린이의 또 다른 도전을 응원한다. 창의성과 발명으로 꿈을 꾸고 있는 학생이라면 꼭 이 책과 만나보길 권유한다.

김신영 | 한국창의학회 재능기부 분과 이사

대학에 입학해 혜진, 혜린이를 만나기 전까지 '발명은 어려운 것'이라고 생각했었다. 하지만 혜진, 혜린이와 함께 발명을 경험하며 발명이 어렵지 않다는 것을 몸소 느낄 수 있었다. 만약 발명이 어렵게 느껴지고 발명이 어떻게 두 친구를 바꿔놓았는지 궁금하다면 꼭 이 책을 읽어보길 바란다.

정동연 | 서강대 Art&Technology 15학번 재학생

혜진, 혜린 누나를 직무 발명 멘토링 캠프를 통해 처음 만났다. 발명 아이디어와 진로 고민에 대한 조언들은 여러 학생들에게 용기와 희망과 꿈을 안겨주었다. 3박 4일이라는 시간이 굉장히 짧게 느껴졌고, 의미 있는 시간으로 기억되었다. 이 의미 있는 시간을 공유할 수 있는 그들의 책을 강추한다. 진로에 대해 고민하고 있다면, 부디 이 책을 꼭 읽어보라고 얘기해주고 싶다.

김형진 | 서귀포산업과학고 학생

감사의 글 … 4
추천사 … 6

Chapter 01 … 발명을 통해 꿈을 꾸는 혜진이의 이야기

Q1 어떻게 발명활동을 시작하게 되었나요?

발명·특허 특성화고의 입학 : 길이 없다면 내가 그 길을 만들어라 … 15
발명·특허 특성화고의 생활 : 움직이고, 생각하고, 표현하고 … 18

Q2 발명품이 궁금해요!

책꽂이 책 지지대 조립구조 : 특허 제10-1385118호 … 26
국수 1인분 나와라 얍! : 특허 제 10-14551900000호
(특허출원 명칭 : 계량커버가 구비된 면 보관 용기) … 28

Q3 발명활동에 대한 정보들이 궁금해요!

영재원 / 기자단 활동 : 차세대영재기업인 & 미래발명영재교육센터 & 특허청청소년발명기자단 … 32
발명활동들에 대한 Tip & Advice … 40

Q4 가장 힘들었던 경험은 무엇인가요?

내가 생각한 발명품들은 다 있네 … 47
발명·특허 특성화고 학생의 입시 … 51

Chapter 02 … 발명을 통해 꿈을 꾸는 혜린이의 이야기

Q1 어떻게 발명을 시작하게 되었나요?

'과학소녀', '발명소녀'가 되다! … 59
꼴찌로 시작한 발명 … 60

Q2 고등학교생활은 어땠나요?

왜? 발명·특허 특성화고였을까 … 64
발명슬럼프 … 67
생애 첫 토크 콘서트 〈세/바/아〉 … 70
고등학교 선택을 앞둔 후배들을 위한 조언 … 74

Q3 발명활동에 대한 정보들이 궁금해요!

발명품 소개해주세요! … 78
아이디어 창출 Tip & 발명대회 Tip & 발명대회 서류 작성 Tip … 83
발명영재학급 꼴찌에서, 최상위 영재교육원(KAIST IP영재기업인 교육원)으로 … 88

Q4 혜진 언니와 함께하는 대학생활

서강이 만드는 세상 : 대국민 발명프로젝트 … 92
창업동아리 활동 : 진로 탐색 및 자기역량개발을 위한 특성화고등학교 방과 후 프로그램 … 95

Contents

Chapter 03 … 발명을 통해 꿈을 꾸는 우리의 입시 이야기

Q1 대학 선택과 학과 선택은 어떻게 하셨나요?

우리가 선택한 대학 / 학과전형 … 101

Q2 자기소개서가 궁금해요!

혜진이의 서강대 합격 자기소개서 … 105

혜린이의 서강대 합격 자기소개서 … 113

Q3 자기소개서 작성 Tip이 있나요?

혜진이가 알려주는 대학 합격을 위한 16가지 Tip … 121

Q4 대학입시를 준비하기 위해 해야 할 것은 무엇인가요?

혜린이가 알려주는 대학을 선택하기에 앞서 점검해야 할 일 … 129

Q5 면접에서는 어떤 질문을 받았나요?

혜진이의 면접질문공개 … 132

혜린이의 면접질문공개 … 135

Chapter 04 … 우리 함께 꿈을 꾸고 꿈을 이루자

Q1 발명후배들에게 해주고 싶은 말이 있나요?

혜진이가 하고 싶은 3가지 이야기 … 139

혜린이가 발명교육을 받으며 느낀 점과 나의 꿈 … 146

| 부록 | 혜진, 혜린 합격 자기소개서 … 149

| Photo | 함께 꿈을 꾸고, 꿈을 이루는 우리들 : 혜진&혜린이의 추억일기 … 188

Chapter 01

발명을 통해 꿈을 꾸는 혜진이의 이야기

할 수 있는 일을 해낸다면, 우리 자신이 가장 놀라게 될 것이다.

If we all did the things we are capable of doing, we would literally astound ourselves.

— Edison

Q1

어떻게 발명활동을 시작하게 되었나요?

발명·특허 특성화고의 입학 : 길이 없다면 내가 그 길을 만들어라

"발명·특허 특성화고 가서 뭐할래?"

"왜 아직 졸업생 한 명 없는 미래가 불확실한 곳을 가려고 해?"

5년 전 고등학교를 입학할 때 사람들이 건넨 말이다. 발명·특허 특성화고 전환 후 첫 입학생을 모집하는 미래산업과학고등학교에 진학하겠다는 나를 지지해준 사람은 거의 없었다. 나 역시 졸업 후 어떻게 될지 모르는 미래에 발명·특허 특성화고의 진학을 망설였다. 하지만 일반고를 진학해 마냥 책상 앞에 앉아 공부만 하는 것은 더 견딜 수 없었다.

'길이 없다면 내가 그 길을 만들면 된다.'

이렇게 생각을 굳힌 나는 주변의 만류에도 발명·특허 특성화고인 미래산업과학고등학교에 입학했다.

사실 발명에 관심이 있어서 발명·특허 특성화고를 선택한 것은 아니었다. 중학교 3학년 1학기까지만 해도 당연히 집에서 가까운 인문계 고등학교를 진학할 것으로 생각했었다. 하지만 고등학교 진학선택의 시간이 다가올수록 스스로 미래에 대해 고민을 하기 시작했다.

중학교 3학년 시절까지의 모습을 돌이켜 보면 가만히 책상에 앉아 공부만 하던 학생은 아니었다. 매일 아침이면 부모님의 손을 잡고 박물관, 미술관 등을 견학했고 발레, 수영, 미술, 피아노, 마라톤 등과 같은 다양한 활동을 경험했다. 그렇기 때문에 항상 꿈이 있었고, 꿈이 없는 친구들을 이해하지 못했다. 가장 오랫동안 꾸었던 꿈은 '발레리나'였다. 하지만 콩쿠르 준비를 하며 부모님의 사업이 어려워졌고 결국은 학원비와 콩쿠르 의상 준비 비용을 지불하기 어려운 상황에 놓여 발레리나의 꿈을 내려놓게 되었다.

항상 꿈이 있었던 나에게 현실에 벽에 부딪혀 꿈을 잃게 된 경험은 꿈에 대한 두려움을 갖게 했다. 이후 중학교 3학년이 될 때까지 꿈이 없었다. 그리고 꿈이 없다는 사실조차 인지하지 못한 채 너무나 평범하게(?) 지내왔다. 그러던 중 나 자신에게 큰 충격을 주는 사건이 발생했다.

평소처럼 중학교 정독실에서 자습을 하고 있었다. 그 날 따라 학생들이 없어 친구와 함께 수다를 떨기 시작했고, 그러다가 친구가 나에게 질문을 했다.

“넌 꿈이 뭐야?”

친구의 질문에 어떠한 대답도 할 수가 없었다.

‘꿈이 없는 친구들을 이해 못 하던 내가 꿈이 없다니….’

나에게는 너무나 충격이었다. 이후 나는 스스로 진로에 대해 끊임없이 고민하고 고민했다.

‘과연 내가 인문계고등학교를 가는 것이 옳은 선택일까?’

‘나의 꿈은 뭐지?

‘내가 좋아하고 잘하는 것은 뭘까?’

이후, ‘꿈을 찾고 싶다.’는 생각이 확고해졌다. 그리고 발명에 대해서는 잘 모르지만 어렸을 적의 수많은 경험들이 발명을 통해 창의적으로 발휘될 수 있지 않을까 생각했다. 이렇게 나는 발명·특허 특성화고인 미래산업과학고등학교 발명특허과에 진학하며 새롭게 ‘발명’을 만나게 되었다.

▲ 발레를 했던 당시 모습(중앙)

발명·특허 특성화고의 생활 :
움직이고, 생각하고, 표현하고

쉽지 않은 고등학교 선택에는 발명·특허 특성화고(미래산업과학고)의 교육 과정이 한몫을 했다. 책상에 앉아 풀고, 외우고, 읽는 대신 직접 움직이고, 생각하고, 표현하는 교육이 무척이나 매력적으로 다가왔기 때문이다.

'발명'하면 대부분 어렵다는 고정관념과 함께 에디슨, 스티브 잡스, 빌 게이츠를 떠올린다. 나 역시 처음 접하는 발명으로 인해 두려움과 걱정이 앞섰다. 하지만 학교에 받은 창의성 교육은 발명이 어려운 것이 아님을 알게 해줬다. 기존 제품의 과학적 원리를 이용하고 이를 통해 아이디어를 창출하도록 유도하는 RSp[1*]교육방식은 발명에 대한 거부감을 줄이고 재미있게 접근하도록 도움을 줬다. 이 과정에서 배운 '아이디어 창출능력'이 학생 시절의 첫 수확이다.

학교에서 얻은 두 번째 수확은 '발표능력'이다. 아이디어를 내면 사람들 앞에서 아이디어와 발명품에 대해 발표를 하고 그에 대한 문제점이나 개선할 사항을 듣고 얘기하게 된다. 이 과정에서 내 생각을 잘 표현하는 능력은 물론 효율적이면서도 원만하게 대화하는 방법도 자연스레 익힐 수 있었다. 이 능력은 대학 면접뿐 아니라 대학 생활을 하

1* 제품으로부터 배우는 진로체험의 원리 'RSp(Revers Science from product)'는 각 분야의 product, 즉 제품(결과물)을 보고 관련 진로에 대한 흥미를 유발하게 됨으로써 관련 직업군을 알게 되고 진로계획을 수립하는 진로교육 방법이다. (무한상상 RSp 교육연구소)

는 데도 좋은 장점이 되고 있다.

세 번째 수확은 '특허에 대한 전문성'이다. 발명·특허를 전공해 더 심도 있는 특허 교육을 받은 것도 이점이다. 도면작성, 선행기술조사, 명세서[2*]작성 같은 실무적 능력도 배양하면서 아이디어나 발명품을 법적으로 보호할 수 있는 방법도 공부했으니 꿈을 이루는데 나만의 차별화된 능력을 갖추게 된 것이나 다름없다.

학교에서는 창의적 사고기법, 발명입문, 특허명세서 일반 등의 과목을 통해 발명교육을 받을 수 있었다. 발명교과목 시간에는 아이디어창출방법, 아이디어 토론 과정 등 다양한 창의력을 상승시킬 수 있는 방법론을 배우고 직접 체험 할 수 있었다. 이후 RSp, 브레인스토밍[3*]등의 방법을 이용해 아이디어를 창출해보고 특허전문 검색사이트인 키프리스(KIPRIS)를 이용해 선행기술을 검색하고 발표하며 아이디어를 발전시켜나갔다. 이와 함께 도면작성프로그램(CAD, 구글 스케치업, 솔리드웍스)을 배우며 명세서 작성법도 학습했다. 이렇게 여러 단계를 거치며 가공된 아이디어는 특허출원과 함께 대회에 출품할 수 있다. 이렇게 글로 읽으면 간단한 일인 것 같지만, 이것을 실행으로 옮기면 최소 6개월이라는 시간이 걸린다. 6개월이라는 시간 속에 좌절, 기쁨, 노력, 생각, 끈기 등 다양한 것을 경험할 수 있다.

2* 특정 발명에 대한 특허 청구를 위해 작성하는 문서. (예스폼 서식사전)

3* 일정한 테마에 관하여 회의형식을 채택하고, 구성원의 자유발언을 통한 아이디어의 제시를 요구하여 발상을 찾아내려는 방법. (두산백과)

고등학교의 교육은 이론에만 그치지 않았다. 〈기업과 함께하는 직무 발명[4*] 프로젝트〉는 가장 현실적이고 객관적으로 내 꿈의 미래를 짚어본 사건이었다. 이 프로젝트는 생산과 판매를 운영하는 실제 기업의 제품에 대해 학생들이 아이디어를 내는 것으로 시작된다. 이것을 기업이 검토하고 필요한 아이디어라면 기술이전[5*]까지 하는 현장형 프로젝트다.

첫 프로젝트는 혜린이와 친구 1명과 함께한 ㈜네오피아의 교육용 로봇 Neobot이었다. Neobot은 카드기나 리모콘으로 제어가 가능하게 프로그래밍을 해야 했다. 그런데 카드기는 분실이나 보관, 실행 취소가 어렵다는 문제가 있었다. 반면 리모콘 프로그래밍은 일일이 스캔하고 코드번호를 입력해야 하는 번거로움이 존재했다. 그래서 이러한 것을 해결하기 위한 제품을 발명했다.

실제 판매를 하는 기업의 제품이다 보니 발명만 할 때는 생각하지 못했던 기술적인 부분이나 가격, 마케팅 등 현실적인 여러 문제들이 닥쳐왔다. 게다가 우여곡절 끝에 발명품을 만들었지만, 기업은 우리 제안을 단번에 들어줄 만큼 녹록지 않았다.

'우리가 만든 발명품이 정말 좋은 것 같아. 분명 기업이 좋아할 거야!'라고 생각했던 우리가 현실을 접하는 순간이었다. 미팅 약속을 잡고 취소하기를 여러 번 한 후에 드디어 아이디어를 설명할 기회를 얻었고 우리가 제안한 아이디어를 반영하겠다는 좋은 피드백까지 받았다.

4* 종업원·법인의 임원 또는 공무원이 그 직무에 관하여 발명한 것이 성질상 사용자·법인 또는 국가나 지방자치단체의 업무범위에 속하고, 그 발명을 하게 된 행위가 종업원 등의 현재 또는 과거의 직무에 속하는 발명(발명진흥법 10조). (두산백과)

5* 축적된 고도의 기술을 다른 쪽에 이행함으로써 이루어지는 기술개발. (두산백과)

뿐만 아니라 ㈜네오피아가 당면한 다른 과제를 개선하는 데 힘을 보태게 되었고, 결국 기술 이전까지 이어졌다.

기업과 소통하는 이 경험을 통해 발명품을 사업화하는 것이 얼마나 어려운지 알게 됐고, 이는 내 꿈을 더욱 다잡는 경험이 되었다. 더욱 뜻깊은 것은 기술이전금 전액을 평소 발명 재능기부 봉사활동을 진행하던 기관에 기부한 것이다.

기술 이전서

미래산업과학고등학교 창업보육센터(이하"학교")와 (주)네오피아(이하 "기업체")은 직업교육의 경쟁력 강화와 변화하는 산업현장에 필요한 창의적인 학생를 양성을 하기 위하여 다음과 같이 기술이전을 받는다.

계약기술	"카드리더기와 리모콘 개선"기술
기술보유자	윤혜진(960321- 이하영(961113- 송혜린(970402-
실시대가	100만원(₩1,000,000) 현금

이 협약서는 미래산업과학고등학교 창업보육센터와 (주)네오피아의 대표가 서명한 날로부터 효력을 가지며 상호협약에 따른 기타 세부사항은 별도의 협의를 통하여 실무 협정을 체결한 후 실시하도록 한다.

2013년 11월 18일

㈜ 네오피아 대표이사 성신[illegible]

▲ 기술 이전서

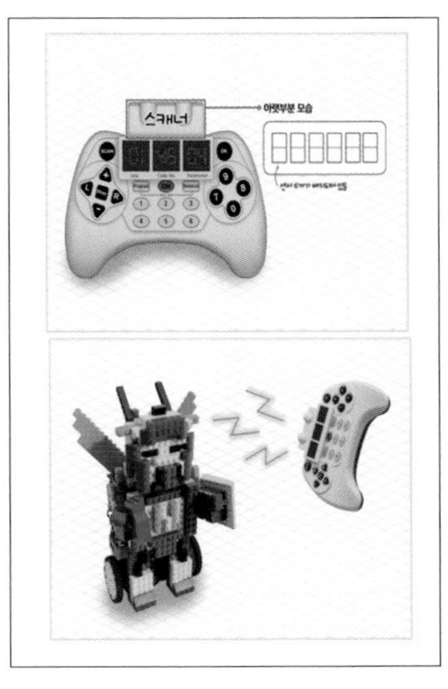

▲ Neobot

〈전국의 발명·특허 특성화고 소개〉

발명·특허 특성화고는 발명·특허 분야의 전문교육을 통해 지식재산권(특허권·실용신안권·디자인권·상표권)에 강한 산업역군을 양성하는 특성화 고등학교로 현재(2016) 미래산업과학고등학교(서울), 삼일공업고등학교(수원), 대광발명과학고등학교(부산), 계산공업고등학교(인천), 광주자연과학고등학교(광주), 서귀포산업과학고등학교(제주도) 등 전국 6개교가 지정되어 운영 중이다.

RSp 교육이란?

RSp(Revers Science from product) 발명교육 모형개발의 목적은 보다 쉽게, 보다 재미있게 발명교육을 하고 이를 통하여 창의적인 소양의 학생을 양성하기 위함이다. RSp 발명교육 기법은 이미 서울교대, 경인교대 등과 같은 교육기관에서 진행하는 발명교사연수뿐만 아니라 많은 현장에서 사용되고 있다.

지금의 교육은 관련 전공 지식을 배운 후에 기술과 기능을 배우는 것이다. RSp 교육은 이러한 현재의 교육 방식에서 역발상으로 제품에서 출발하여 관련 이론을 배우는 '거꾸로 과학'을 말한다.

이 역공학(逆工學)은 이미 많은 기업체들이 새로운 제품을 개발하는 과정에 있어서 리버스 엔지니어링(Reverse Engineering, RE)라는 방법을 사용하고 있다. 경쟁회사의 제품을 분석하여 성능이 향상된 새로운 제품을 개발하는 리버스 엔지니어링 방식을 창조성 향상을 위한 RSp 발명교육 모형개발에 응용한 것이다.

이 교육방식은 학습자에게 흥미 있는 제품을 제작하게 하고, 그것의 기초가 되는 수학·과학 및 기타 관련 지식이 어떻게 이용되는지 알게 되도록 하여 학습자에게 동기를 유발하게 된다. 이를 창의적인 발명 아이디어와 연결하게 된다면 공작교육 중심의 발명교육의 일반적인 관념에서 벗어 날 수 있다.[6*]

RSp 교육의 장점

1) 전문적인 선 지식이 필요하지 않다.
2) 교육 대상이 폭넓다.
3) 발명 아이디어에 도달하는 방법을 스스로 깨우친다.
4) 인문, 과학, 자연 등 모든 과목과 연계가 가능하다.
5) 참가자의 능력이 100% 발휘되는 발명대회가 가능하다.
6) 정규수업, 영재원, 발명교실, 캠프 등 다양한 부분에 접목할 수 있다.

RSp 교육모형

RSp 교육방법의 기본적인 i3 Triangle 모형[7*]은 크게 3가지의 구성단계를 가지고 있다. 짧은 간접경험을 통한 동기를 부여하는 체험영역과 체험된 제품의 과학적 원리를 알아보는 인지영역, 트리즈(TRIZ)[8*]적 문

6* 2011. 02. 17 Science Times 이광형 KAIST 과학영재교육연구원장의 "STEAM by RST" 글 인용

7* 간접경험(間接經驗) indirect experience, 알아보다(調査) inquire, 발명(發明) invention

8* 트리즈는 기존 시스템이 갖고 있는 기술적인 문제점이나 새로운 아이디어를 구현하는 과정에서 발생하는 과학 기술 분야의 문제들을 창의적으로 해결하는데 도움을 주는 체계적인 문제 해결 방법론으로 러시아에서 개발되었으며 창의력을 실무에 연결시킬 수 있는 방법론이자 프로세스이다.

제 해결의 실마리를 제공하며 반복적으로 유사한 사례 중심의 제품을 보여 줌으로써 이미 발명된 다른 제품에서 새로운 창의적 아이디어를 가지게 하는 발명영역으로 RSp 교육 모형을 개발하게 되었다.

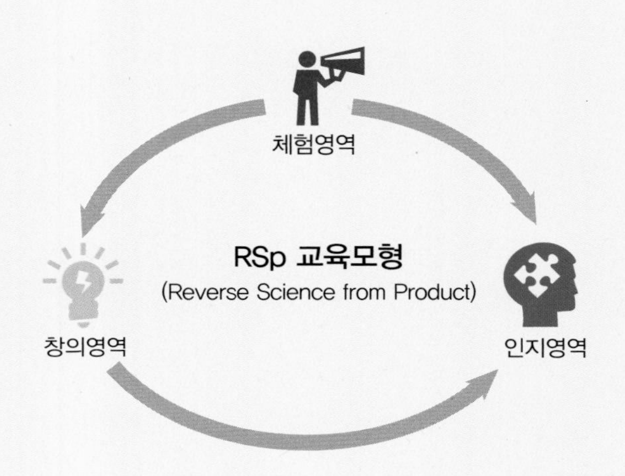

"RSp는 생활 속에서 이전에 없던 것을 새로히 생각해 내거나 기존의 생각을 변형 발전시키는 것이다, 즉, 더 편리하게 더 아름답게 생각을 개선하는 것이 RSp 창의교육모형이다."

〈발명 교육기관별 비교〉

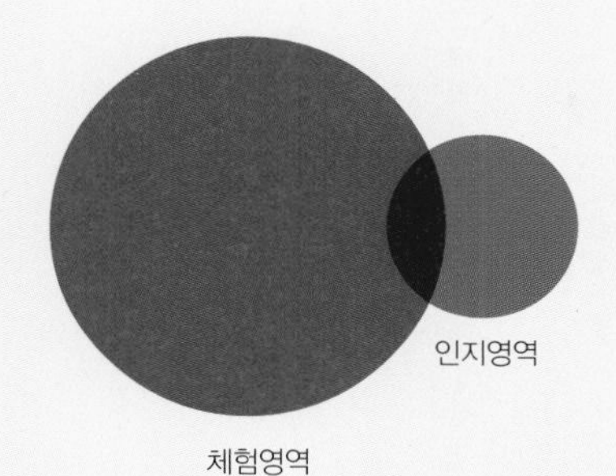

▲ 발명교실
→ 공작중식의 발명교실

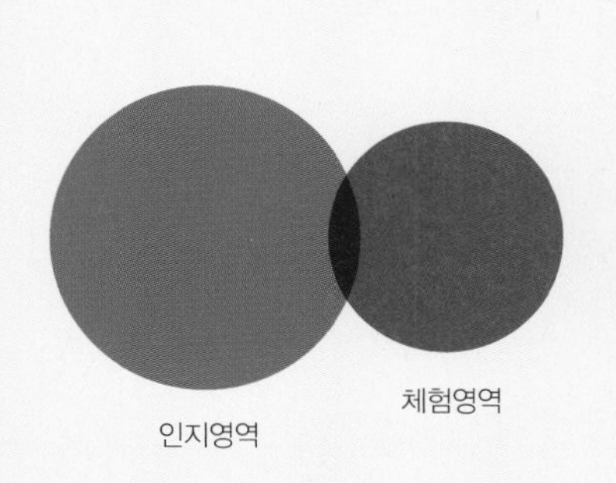

▲ 발명영재교육원
→ 지식중심의 영재교육

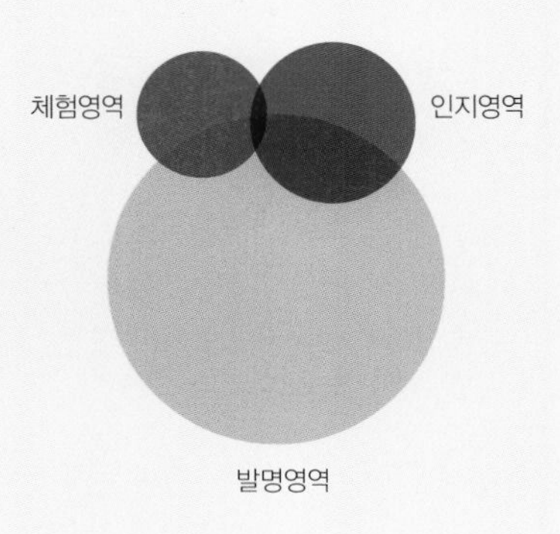

▲ RSp교육모형
→ 아이디어창출 중심 RSp모형

발명품이 궁금해요!

책꽂이 책 지지대 조립구조 :
특허 제10-1385118호

아이디어를 생각해 낸 동기는 너무나 단순했다. 책이 쓰러지는 것을 방지하기 위한 것이었다. 학생의 입장에서 불편한 문제점을 찾다 보니 책꽂이에서 쉽게 찾을 수 있었다. 책꽂이에 책이 꽉 차 있지 않으면 자꾸만 책이 쓰러지는 것을 보고 아이디어를 생각해 낸 것이다.

'어떻게 하면 책이 쓰러지지 않을까?'
'책꽂이를 깔끔하게 정리할 수 있는 방법은 없을까?'

〈책꽂이 책 지지대 조립구조 시제품&특허증〉

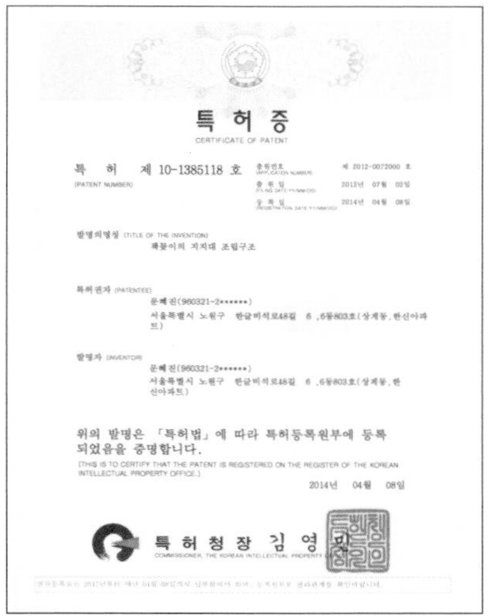

특 허 증
CERTIFICATE OF PATENT

특 허 제 10-1385118 호 (PATENT NUMBER)
출원번호 (APPLICATION NUMBER) 제 2012-0072000 호
출원일 (FILING DATE:YY/MM/DD) 2012년 07월 [illegible]일
등록일 (REGISTRATION DATE:YY/MM/DD) 2014년 04월 08일

발명의명칭 (TITLE OF THE INVENTION)
책꽂이의 지지대 조립구조

특허권자 (PATENTEE)
문혜진(960321-2******)
서울특별시 노원구 한글비석로48길 6 ,6동803호(상계동,한신아파트)

발명자 (INVENTOR)
문혜진(960321-2******)
서울특별시 노원구 한글비석로48길 6 ,6동803호(상계동,한신아파트)

위의 발명은 「특허법」에 따라 특허등록원부에 등록되었음을 증명합니다.
(THIS IS TO CERTIFY THAT THE PATENT IS REGISTERED ON THE REGISTER OF THE KOREAN INTELLECTUAL PROPERTY OFFICE.)

2014년 04월 08일

특허청장 김영민
COMMISSIONER, THE KOREAN INTELLECTUAL PROPERTY OFFICE

특징

① 사용자들이 책꽂이에 책을 꽂고 난 후 책이 쓰러지지 않도록 한다.

효과

① 간단한 구조로 칸막이가 책꽂이로부터 분리 및 결합이 간편하게 이루어지는 장점이 있다.

② 하나의 지지대만으로도 책꽂이 위, 아래의 공간을 자유롭게 활용할 수 있다는 장점이 있다.

국수 1인분 나와라얍! : 특허 제10-14551900000호
(특허출원 명칭 : 계량커버가 구비된 면 보관 용기)

〈국수 1인분 나와라 얍! 도면〉

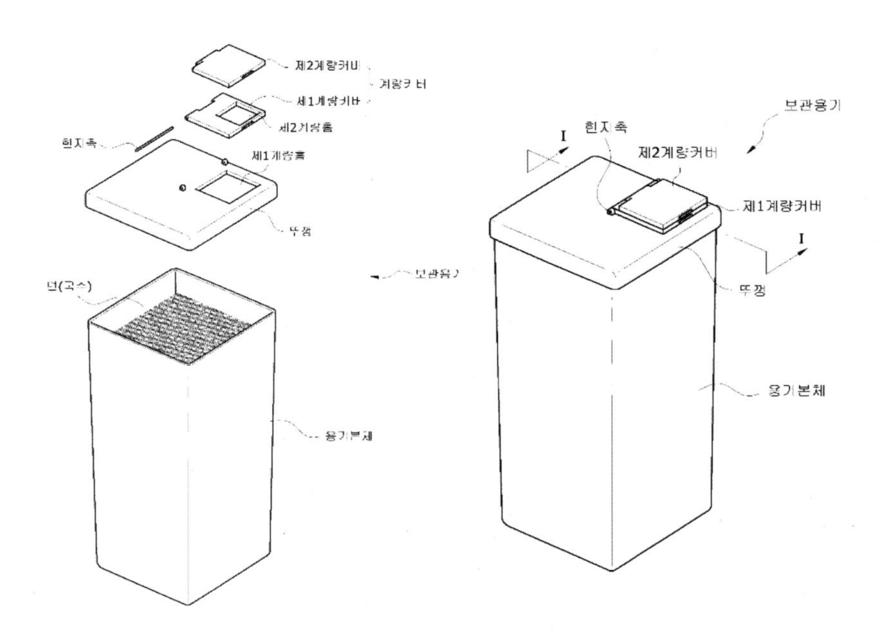

어느 날은 국수가 너무나 먹고 싶었다. 그런데 도대체 1인분이 얼만큼인지 알 수가 없었다. 어렴풋 기억에 엄마가 손가락으로 원을 만들어서 1인분의 양을 측정했던 기억이 났다. 하지만 도대체 손끝과 끝만큼의 크기인지 아니면 그보다 작게 한 원의 크기인지 알 수가 없었다.

그래서 그냥 느낌으로 1인분이라고 생각하는 양만큼 삶아서 넣었다. 그 결과 너무 많은 양의 면을 넣어 남기고 말았다. 그래서 국수 또는 스파게티 등의 면의 양을 측정할 수 있는 계량커버가 구비된 면 보관용기를 발명하게 되었다.

특징

① 사용자들이 면을 삶을 때 양을 조절하지 못하여 발생되는 음식물 쓰레기를 줄일 수 있도록 한다.

② 뚜껑의 상부에 결합된 계량커버들과 상기 계량커버들 내에 구비된 서로 다른 크기의 계량홈에 의해 자신이 원하는 양만큼의 면을 인출시킬 수 있도록 한다.

효과

① 다수의 계량홈에 의해 1인분뿐만 아니라, 그 외의 양 또한, 계량이 가능하다는 장점이 있다.

② 사용자들이 손쉽고 신속하게 면의 양을 맞춰 인출하는 것이 가능하기 때문에 음식물 쓰레기로 버려지는 것을 방지할 수 있음은 물론이고 과식을 예방할 수 있는 장점이 있다.

③ 일반 비닐포장재가 아닌 밀폐용기 내에 면을 보관하기 때문에 면을 보관함에 있어 습기 등에 의한 변질을 예방할 수 있는 장점이 있다.

〈발명동기: 책꽂이 책지지대 조립구조〉

〈발명동기: 국수 1인분 나와라 얍!〉

© 2016 : DDY

발명활동에 대한 정보들이 궁금해요!

영재원 / 기자단 활동 : 차세대영재기업인 & 미래발명영재교육센터 & 특허청청소년발명기자단

차세대영재기업인(KAIST IP영재기업인 교육원)

특허청과 한국발명진흥회는 2009년부터 KAIST, POSTECH과 공동으로 창의적 잠재력을 지닌 지식재산기반 차세대영재기업인을 육성하고 있다.
지식재산기반 차세대영재기업인이란 빌 게이츠(MS), 세르게이 브린&래리 페이지(구글) 등과 같이 지식재산에 기반을 둔 창의적 기업가로 성장할 잠재력이 풍부한 학생을 말한다. 이에, 지식재산기반 사회를 이끌어가는 견인차 역할을 할 지식재산기반 차세대영재기업인에 관심이 있다면 각 교육원을 통해 신청하면 된다.

포스텍교육원: ceo.postech.ac.kr
카이스트교육원: ipceo.kaist.ac.kr

'아는 만큼 보인다.'

이 말의 뜻을 직접 체험한 때가 있다. 신문을 읽어도 눈이 가는 기사가 별로 없던 내 눈에 몇몇 기사가 들어온 때로 KAIST IP영재기업인 교육원 교육을 받고 난 후였다. 미래기술, 인문학, 기업가 정신 등의 온라인 교육과정을 들어 기본적인 소양을 얻었으니 이때부터 미래를 보고 예측하는 견해가 열린 것 같다.

또한, 교육원은 IP CEO(지식재산기반의 CEO)의 꿈을 확실하게 해주었다. 사실, 발명과 특허를 좋아함에도 절대로 창업은 하지 않겠다고 다짐했었다. 창업이 얼마나 힘든지를 가족의 모습을 지켜보며 경험했기 때문이다. 하지만 본 교육을 받으며 창업이 어렵기는 하지만 생각했던 것만큼 두려운 존재가 아니라는 사실을 깨달았다. 교육원에서는 지식재산에 기반을 둔 창의적 기업가로 성장할 수 있도록 지원해주었다. 유명인사 초청 강연 및 팀을 이뤄 실제 창업을 해보는 오프라인캠프까지 교육원은 여러 가지로 유익했고 창업에 대한 인식을 긍정적으로 바꾸어 주었다. 특히 차세대영재기업인 교육생이기에 19세 이하임에도 참가할 수 있었던 글로벌인재포럼이 가장 기억에 남는다. 미국 QB3 Regis Kelly 회장, 보잉 HR총괄 부사장 Scott Drach 등 내로라하는 실제 기업가의 생각과 조언을 얻을 수 있는 기회였기 때문이다. Regis Kelly 회장님이 교육원이 내게 어떤 것을 주었는지 물었을 때 나는 서슴지 않고 '아주 소중한 가치'를 얻었다고 대답하였다. 교육원을 이수하며 열정이 생겼고, 더 노력했다. 특히 나만의 꿈이 생긴 것이야말로 아주 값진 것이기 때문이다.

TIP

1. 차세대영재기업인은 포스텍 영재교육원과 카이스트 영재교육원으로 나뉜다. 두 개의 교육원의 교육과정에는 약간의 차이가 있으니 홈페이지에 나온 교육과정을 꼼꼼히 읽어본 후 지원하는 것이 중요하다.
2. 선발이 되면 단순히 중학교, 고등학교에서 끝나는 것이 아니라 본인의 의지에 따라 대학교까지 이어 할 수 있다. 따라서 앞으로의 성장에 큰 도움을 받을 수 있다. 실제로 대학생이 된 지금도 대학생프로그램을 통해 꾸준히 창업 멘토링을 받고 있다.
3. 각 분야의 최고 전문가한테 교육을 받을 수 있다. 또한, 고등학교 신분으로는 참석하기 어려운 글로벌 인재 포럼, CEO 포럼 등과 같은 행사에 참여할 수 있다.

ADVICE

1. 교육원에서 진행하는 교육을 잘 따라 한다면 수료하는 것에는 크게 문제없다. 하지만 학업과 병행을 하는 부분에 있어 많은 학생들이 힘들어 중간에 그만두기도 한다. 학기 중에는 보통 온라인 과제가 부여되고 방학에는 오프라인 캠프가 있다. 이 점을 참고해서 지원하면 좋을 것 같다.

미래발명영재교육센터

미래기술을 주도하는 창의적인 영재 기업인을 양성하기 위하여 발명과 특허기반 위에서 STEAM by RSp 영재교육과정을 운영한다. 총 100시간으로 운영되며, 교육기간은 3월부터 12월까지 1년 과정이다. 발명영재교육 외에 발명교실도 함께 운영 중이다.

www.mist.hs.kr

현재는 선발 방법이 바뀌기는 했지만 내가 처음 입학 할 때의 선발 방법은 발명에 관한 아이디어 창출을 하여 사업계획서를 작성하는 것이었다. 선발 과정 양식인 사업계획서 형식을 봤을 때는 눈앞이 캄캄했다. 아이디어 창출도 힘든 과정인데 '추정손익계산서[9*]?', 'SWOT[10*]?' 도통 모르는 단어뿐이었다. 하지만 직접 사업가를 찾아가고, 인터넷을 통해 모르는 단어를 찾아보면서 차근차근 사업계획서를 완성시켜나갔다. 이러한 나의 노력과 열정이 전해졌는지, 미래발명영재교육센터에 합격할 수 있었다.

처음으로 수업한 과정은 '기업가 정신 코칭 탐구'였다. 평소 '창업해서 돈 많이 벌고 싶다.'라고 막연하게 생각하던 나를 반성하게 해준 첫 번째 수업이었다. 선발과정 때 작성한 아이템을 친구들에게 발표를 해보니 창업이 만만치 않다는 것을 알게 되었고, 아이템에 대한 다른 조원들의 질문을 받으며 서로 팽팽하게 토론을 하기도 했다. 너무 열띤 분위기에 시간 가는 줄 몰라 정규수업시간 이후에 끝나는 일이 대부분이었다. 이렇게 한번 팽팽한 대화를 주고받고 나니 같이 수업 듣는 친구들과도 많이 친해질 수 있었다. 열띤 첫 번째 수업이 끝나고는 여름방학에 진행하는 1인 1개 특허 출원과정 준비가 이어졌다. 직접 아이디어 발상도 해보고 도면도 그려보았다. 미래발명영재교육센터를 통해 처음으로 스스로 특허출원을 해볼 수 있었다. 처음 시작 할 때는 백지장

9* 추정되는 손익 발생과정을 기재한 문서. (예스폼 서식사전)

10* 기업의 환경분석을 통해 강점(strength)과 약점(weakness), 기회(opportunity)와 위협(threat) 요인을 규정하고 이를 토대로 마케팅 전략을 수립하는 기법.(두산백과)

처럼 보였던 특허명세서가 어느새 검정글자들로 하나하나 채워가는 걸 보며 뿌듯했다. 특허명세서 안에 아이디어 설계탐구과정에서 배운 아이디어 도면도 넣고 하니 어느새 나의 첫 특허출원이 완성되었다.

미래발명영재교육센터의 2학기 과정은 직접 만들어보는 교육들이 많았다. 기계 탐구과정에서는 변속기를 디지털 회로 탐구과정에서는 논리게이트를 만들어보고 프로그래밍 탐구과정에서는 C언어, 디자인 탐구과정에서는 렌더링 프로그램을 배움으로 다양한 공학 세계를 경험할 수 있었다. 이러한 교육 덕분에 어느 분야에 관심이 있는지를 알게 되었다. 이수할 당시에는 '이 교육이 나한테 얼마나 도움이 될까?' 하는 의문점도 있었던 것이 사실이다. 하지만 교육이 끝난 후 바로 교육의 효과를 볼 수 있었다. 고등학교 2학년이 되며 1년 동안 배울 과목을 기계, 전자, 디자인 중에 선택하는 시간이 있었다. 그때 망설이지 않고 기계를 선택했었다. 그럴 수 있었던 것은 이미 미래발명영재교육센터를 통해 기계, 전자, 디자인 3과목 모두 경험을 해봤기 때문에 어느 분야에 관심 있는지를 알 수 있었기 때문이다. 뿐만 아니라 무엇을 하던 항상 발표 수업으로 진행되었기 때문에 남들 앞에서 당당하게 발표를 할 수 있게 된 것도 미래발명영재교육센터를 통해서 얻은 또 하나의 이점이다.

특허청 청소년 발명기자단

> 특허청 청소년 발명기자단은 발명기자로서 열정적으로 활동할 의지를 갖고 있는 학생이면 누구나 참여할 수 있다.
>
> ipschool.ipacademy.net

특허청 청소년 발명기자단 활동은 발명활동의 중심이 되어주었다. 첫째, 꿈을 꿀 기회를 주었고, 꿈을 이루어주었다. 우연히 한국공학한림원에서 주최하는 포럼에 참가할 기회를 얻게 되었다. 그곳에서 한양대학교 정제창 교수님을 만나게 되었다. 교수님께 특허청 발명기자라고 말씀드렸더니 '이공계 기피현상'에 관한 이야기를 들려주시며 한번 깊게 취재해보기를 권유하셨다. 이와 함께 다음에 더욱 자세한 이야기를 해주겠다며 명함을 건네주셨고, 포럼이 끝난 며칠 후 교수님을 다시 뵙게 되었다. 그리고 너무나 멋진 곳에서 식사를 하며 이공계 기피현상에 대해 새로운 시각으로 접근할 수 있게 되었다. 누군가는 단순한 만남이라고 생각할지 모르겠지만, 이 시간 동안 발명·특허 분야에 있어서 깊이 있는 공부를 하고 싶다라는 꿈을 이루었고 대학 진학 후 다시 한 번 찾아뵐 것이라는 또 다른 꿈을 꾸게 되었다. 실제로, 대학 진학 후 다시 찾아뵙기도 했다.

둘째, '넓은 세상'을 경험하게 했다. 기자단의 가장 큰 장점 중 하나는 혼자서는 하지 못할 취재를 기자단이라는 이름으로 할 수 있었던 것이다. 매월 취재공지가 올라오기 때문에 이것을 잘 활용한다면 평소 가기 어려웠던 곳의 취재도 가능하다. 뿐만 아니라 다른 기자단 친구들이 작성하는 기사를 읽으며 지식의 폭을 넓힐 수도 있고, 스스로 기사를 작성하며 미래를 예측하는 능력도 갖출 수 있다.

기자단 활동 중 가장 놀라웠던 사건은 2013년 7월 '기술의 가치를 프로야구선수의 연봉 정도로 생각하는 사회는 미래가 없다.'라는 기사를 작성 후 1년이 지났을 때이다. 기사의 제목은 청색 LED 발명가 나카무라가 한 말이다. 나카무라는 직무발명에 대한 정당한 보상을 받지 못한 사람이었고, 이와 관련한 내용에 대해 기사를 작성했었다. 기사 작성 1년 후 나카무라는 노벨상의 주인공이 되었다. 노벨상을 받았다는 소식을 접하고 나는 매우 놀랐다. 노벨상의 주인공을 미리 예측한 것 같은 기분이 들었기 때문이다. 이처럼 기자단은 미래를 예측할 수 있는 기회를 제공하기도 했다.

셋째, '글쓰기 능력'을 향상시켜주었다. 현실적인 이야기로 기자단 활동은 대학 진학에 큰 도움을 주었다. 현재 많은 대학이 자기소개서를 필수로 하고 있다. 자기소개서라는 것은 자신의 이야기를 솔직히 담아내야 하고, 심사위원의 마음을 움직일 수 있는 글 이여야 한다고 생각한다. 이 능력을 3년간의 기자단 활동을 통해 키울 수 있었다. 기본적으로는 꾸준히 기사를 작성하며 글의 논리성과 글 쓰는 방법을 키울 수 있었고, 그때그때의 활동을 바로 기록하다 보니 실제 자기소개서를 작성할 때 몇 년 전에 했던 활동에 대한 내용까지 생생히 기록할 수 있었다. 이 모든 것은 기자단 활동을 했을 당시에는 알지 못했던 것이었다. 하지만 기자단 활동이 끝나고 돌이켜 보면 기자단 활동을 통해 너무나 큰 선물을 받았다.

TIP

1. 매달 최우수기사와 우수기사를 뽑으니 조금만 노력하면 상도 받을 수 있다.
2. 월별 취재활동을 통해 개인이 가기 힘든 곳을 취재할 수도 있다. 이런 취재활동의 경우 거의 공문을 받을 수 있어서 학교 출결에도 지장이 없다.

〈활동 당시 작성했던 기사〉

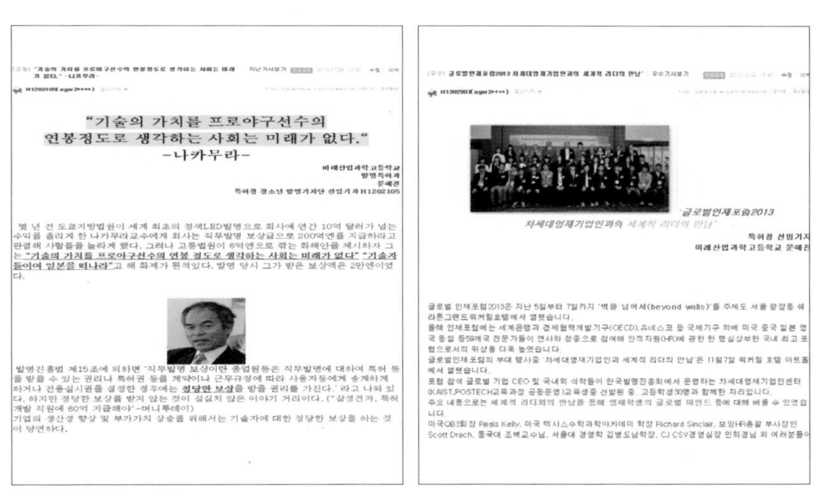

"기술의 가치를 프로야구선수의 연봉정도로 생각하는 사회는 미래가 없다."
-나카무라-

미래산업과학고등학교
발명특허과
문혜진
특허청 청소년 발명기자단 신입기자H1202105

몇 년 전 도쿄지방법원이 세계 최초의 청색LED발명으로 회사에 연간 10억 달러가 넘는 수익을 올리게 한 나카무라교수에게 회사는 직무발명 보상금으로 200억엔을 지급하라고 판결해 사람들을 놀라게 했다. 그러나 고등법원이 6억엔으로 깎는 화해안을 제시하자 그는 **"기술의 가치를 프로야구선수의 연봉 정도로 생각하는 사회는 미래가 없다" "기술자들이여 일본을 떠나라"**고 해 화제가 된적있다. 발명 당시 그가 받은 보상액은 2만엔이였다.

발명진흥법 제15조에 의하면 '직무발명 보상이란 종업원등은 직무발명에 대하여 특허 등을 받을 수 있는 권리나 특허권 등을 계약이나 근무규정에 따라 사용자등에게 승계하게 하거나 전용실시권을 설정한 경우에는 **정당한 보상**을 받을 권리를 가진다.' 라고 나와 있다. 하지만 정당한 보상을 받지 않는 것이 심심치 않은 이야기 거리이다. ("삼성전자, 특허개발 직원에 60억 지급해야"-머니투데이)
기업의 생산성 향상 및 부가가치 상승을 위해서는 기술자에 대한 정당한 보상을 하는 것이 당연하다.

'글로벌인재포럼2013
차세대영재기업인과의 세계적 리더의 만남'

특허청 신입기자
미래산업과학고등학교 문혜진

글로벌 인재포럼2013은 지난 5일부터 7일까지 '벽을 넘어서(beyond walls)'를 주제도 서울 광장동 쉐라톤그랜드워커힐호텔에서 열렸습니다.
올해 인재포럼에는 세계은행과 경제협력개발기구(OECD),유네스코 등 국제기구 외에 미국 중국 일본 영국 독일 등59개국 전문가들이 연사와 청중으로 참여해 인적자원(HR)에 관한 한 명실상부한 국내 최고 포럼으로서의 위상을 더욱 높였습니다.
글로벌인재포럼의 부대 행사중 '차세대영재기업인과 세계적 리더의 만남'은 11월7일 워커힐 호텔 아트홀에서 열렸습니다.
포럼 참석 글로벌 기업 CEO 및 국내외 석학들이 한국발명진흥회에서 운영하는 차세대영재기업인센터(KAIST,POSTECH교육과정 공동운영)교육생중 선발된 중, 고등학생30명과 함께한 자리입니다.
주요 내용으로는 세계적 리더와의 만남을 통해 영재학생의 글로벌 마인드 등에 대해 배울 수 있었습니다.
미국QB3회장 Regis Kelly, 미국 텍사스수학과학아카데미 학장 Richard Sinclair, 보잉HR총괄 부사장인 Scott Drach, 동국대 조백교수님, 서울대 경영학 김병도님학장, CJ CSV경영실장 민희경님 외 여러분들이

http://cafe.naver.com/ipreporter/16416
http://cafe.naver.com/ipreporter/19145

발명활동들에 대한 Tip & Advice

대한민국학생발명전시회

대한민국학생발명전시회에는 올해(2016)로 29회를 맞이했을 만큼 전통이 오래 된 대회이다. 보통 매년 3월에 모집공고가 나오고 신청자를 받아 1차 선발을 한 뒤 실물 심사를 거쳐 수상자를 선정하게 된다. 우수 수상자들은 해외연수의 혜택까지 주어진다.

www.kosie.net

TIP

1. 매년 시상 작품을 코엑스에서 전시하고 있는데 5년간 코엑스 전시를 관람한 결과 본 대회는 단순하지만 창의적인 발명품들이 높은 상을 차지하고 있다.
2. 매년 일어나는 중요한 이슈나 남을 위한 발명(국가, 장애인, 노약자 등)에 관련된 수상작들도 높은 수상을 하고 있다(제28회 태극기 관련 수상작 국무총리상 외 2개).

대한민국 청소년 발명아이디어 경진대회

청소년 발명아이디어 경진대회는 2016년에 15회째를 맞이했다. 21세기를 선도하는 지식정보사회의 주요 구성원인 청소년들의 꿈과 끼를 바탕으로 특화된 인재 양성촉진을 위해 만들어졌다. 1차 서류 심사 후 2차 실물 심사를 거쳐 수상작들을 결정하게 된다.

www.invent21.com

TIP

1. 대한민국학생발명전시회와 마찬가지로 1차 서류 심사 후, 2차 실물심사를 한다. 다른 점이 있다면 초, 중, 고 학생 뿐 아니라 대학생과 군인도 지원이 가능하다는 점이다.
2. 2차 실물 심사에서는 옷을 단정하게 입고 가는 것이 좋다. 샌달과 반바지 등은 삼가야 하는 것이 좋다.
3. 가점 사항도 있으니 모집공고를 꼼꼼히 읽어보는 것이 중요하다.

YIP

YIP(Young Inventors Program, 청소년 발명가 프로그램)는 미래 기술 혁신을 주도하는 창의적인 발명 인재 육성을 위해 기업의 교육 기부 활동과 연계한 청소년 발명 교육 프로그램이다.
교육 기부 참여기업이 제시한 선발과제에 대해 청소년들의 발명 아이디어를 모집·선발 후, 기업의 기술 상담, 기업현장 견학 등의 교육 및 변리 기관의 발명·특허 교육, 컨설팅 등을 통해 선발 아이디어의 지속적인 개선을 거쳐 특허출원에 이르는 과정을 지원한다. 현장 견학 등의 교육 및 변리 기관의 발명·특허 교육, 컨설팅 등을 통해 선발 아이디어의 지속적인 개선을 거쳐 특허출원에 이르는 과정을 지원한다.

www.yipedu.net

TIP

1. YIP는 약 1년 동안 진행된다. 1년 동안 발명에 대한 구체적인 학습을 할 수 있었다. OT를 시작으로 온라인 강의, 변리사와 함께하는 아이디어 개선, 2박 3일 오프라인 캠프, 후원 기업탐방 등 하나의 지속된 프로그램으로 진행된다.

2. 변리사가 명세서를 작성해주기 때문에 발명의 권리범위를 더욱 촘촘히 만들 수 있다. 따라서 특허등록의 가능성이 높다. 당시 출원했던 특허의 청구항11* 개수는 14개였으며 특허등록이 되었다.
3. 각 기업들을 방문해 볼 수 있다.

IP Meister Program

IP Meister Program은 특성화고와 마이스터고 학생들이 창의적인 문제 해결능력과 지식재산 창출역량을 가진 지식 근로자로 성장하도록 지원하는 프로그램이다. 학생들의 아이디어가 기업문제 해결에 기여하고 지식재산을 창출하여 기업과 학생 간 기술이전 및 우수인재 채용을 통해 개인과 산업 발전을 함께 도모하는 고교단계의 대표적 산학협력 모델이다.

http://www.kipa.org

TIP

전반적인 내용은 YIP랑 비슷하다. 하지만 차이점이 있다면 첫째, 특성화고와 마이스터고 학생들만 지원 가능하다는 점이다. 둘째, 학생들의 아이디어가 기업문제 해결에 기여하고 지식재산을 창출한다. 이후 기업과 학생 간 기술이전 및 우수인재 채용을 통해 개인과 산업 발전을 함께 도모하는 고교단계의 대표적 산학협력 모델이다. 즉, YIP보다 취업, 산업현상 적용 등 좀 더 현실적인 부분에 더 밀접해 있다.

11* 특허나 실용신안등록의 권리범위.

창의력챔피언대회

창의력챔피언대회는 발명품을 내는 것이 아니라 팀원들과 공지된 표현과제를 해결하는 연극을 하고 즉석에서 나오는 창의적 문제를 해결하는 대회이다. 크게 표현과제와 즉석과제로 나누어지는데, 표현과제는 공지된 표현과제를 일체의 소품 없이 대회 현장에서 비공개로 심사위원들 앞에서 공연으로 표현하는 것이다. 즉석과제는 심사 당일 즉석에서 문제가 공개되며 팀원들과 창의적이고 협동심 있게 문제를 풀어나가면 되는 것이다. 시·도 예선대회에서 선발된 팀은 지역 본선에 오르게 된다.

www.koscc.net

ADVICE

1. 본 대회는 준비과정에서 시간이 많이 소요된다. 따라서 대학입시 혹은 진로를 결정하는 중요한 시기에는 대회 참가에 대한 고민을 해보는 것이 중요하다.

발명의날 기념식

세계 최초로 측우기를 발명한 5월 19일을 '발명의 날'로 지정하여 기념식 등 발명행사를 개최함으로써 범국민적인 발명의식을 확산함에 목적이 있다. 기념식에는 국가 산업발전에 기여한 발명 유공자 약 80명에게 산업훈장, 산업포장, 대통령표창 등을 시상한다.

http://www.kipa.org

ADVICE

1. 발명활동을 꾸준히 하고 발명분야에 있어서 정부의 인정을 받고 싶다면 발명의날 기념식을 신청하는 것을 추천한다.
2. 준비과정은 일반 발명대회보다는 복잡한 편이다. 공적인 서류와 함께 증빙자료들을 내야 하기 때문에 그동안 발명활동 했던 자료들을 잘 모아놓고 있지 않았다면 준비가 힘들 수도 있다.

대한민국 인재상

대한민국 인재상은 한 해에 학생들과 청년 중에서 특별한 재능이 있거나 업적을 세웠거나 하는 인재들에게 주는 상이다. 대표적인 수상자로는 김연아, 손연재, 악동뮤지션 이찬혁 등이 있다.

www.kofac.re.kr

1. 대한민국 인재상은 모집요강에 나와 있는 인재상에 자신이 부합하는지 먼저 확인해보는 것이 좋다. 단순히 발명분야에서 뛰어나다고 해서 상을 받을 수 있는 것은 아니다. 또한, 각 분야의 뛰어난 학생들이 함께 지원한다는 점을 기억하자.
2. 홈페이지에 있는 수상자의 프로필을 읽어본다면 대한민국 인재상에 대해 이해가 더욱 쉬워질 것이다.
3. 발명의 날과 마찬가지로 여러 공적 서류를 준비해야 하기 때문에 준비기간이 오래 필요하며 특히, 추천서를 받아야 하니 미리미리 준비하는 것이 좋다.

발명 활동 사진들

1 제11회 대한민국 청소년발명(과학)아이디어 경진대회 시상식
2 2015 서울대학교 창의학술제 사례 발표모습
3 2012 YIP 2박3일 캠프
4 2013 일본 선진 발명체험 연수단

5 제7회 특성화고 창의아이디어 경진대회 아이디어 발표모습
6 2013 글로벌인재포럼
7 제49회 발명의날 기념식 시상식
8 2013 한국공학한림원 140회 CEO포럼

가장 힘들었던 경험은 무엇인가요?

내가 생각한 발명품들은 다 있네

발명을 처음 시작 하고 나를 가장 크게 좌절하게 한 것은 나름대로 야심차게 아이디어를 생각해서 선생님께 말씀드리면 "이거 이미 나와 있어"라는 말이었다. 혹은 "이건 너무 복잡해" 라는 말이었다.

'도대체 세상에 발명할 물건이 있기는 한 걸까?'

이 생각이 항상 머릿속에 맴돌았다. 그러면 나는 아예 새로운 불편함 점들을 찾고, 다른 혁신적인 아이디어를 발명하기 위해 노력했다. 하지만 쉽게 포기하는 나의 습관은 앞서 소개한 '책꽂이 책 지지대 조립구조'와 '국수 1인분 나와라 얍!'을 발명하며 사라지게 되었다.

'책꽂이 책 지지대 조립구조'를 발명하기 위해 생각한 개선방법은 책꽂이 천장에 레일을 달아 책 지지대를 이동시키는 것이었다(개선과정1). 하지만 이것은 구조가 복잡해지고 단가가 상승한다는 문제점이 있었다. 그 다음 방법은 자석을 이용한 책꽂이였다. 단가 상승을 막기 위해 조금 더 저렴한 자석을 사용한 것이었지만, 자석의 세기를 강하게 하면 책이 넘어지는 것은 방지할 수 있지만, 자석을 이동시키기 어렵다는 문제점이 있었다(개선과정2). 그래서 최종적으로 나온 아이디어는 홈을 이용한 것이었다.

〈개선과정1, 개선과정2〉

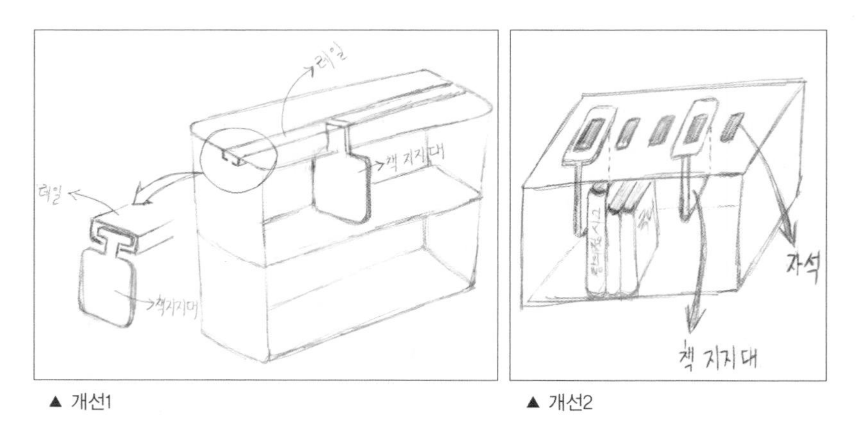

▲ 개선1　　▲ 개선2

책꽂이 사이에 끼움판을 만들어 책 지지대가 홈에 들어가서 고정할 수 있도록 하는 아이디어이다.

이렇게 최종적인 아이디어가 도출된 후에는 시제품을 만들었다. 처음에는 박스로 두 번째는 아크릴로 세 번째는 아크릴에 시트지를 붙이는 작업까지 총 3번에 걸쳐 시제품이 완성되었다. 책꽂이 하나로 여러 번의 수정 보완작업을 거치게 되니 책꽂이만 보면 멀미가 날 것 같았다. 하지만 이 경험은 그동안 다른 사람들이 아이디어에 대한 비판을 하면, 쉽게 포기했던 자세를 바꾸어주었다.

〈시제품 제작 과정〉

'국수 1인분 나와라 얍!'은 애초에 생각했던 해결방법은 이미 기존에 나와 있었다. 그래서 그다음 방법으로 국수 봉지에 절취선을 만들어, 절취선만큼 벌어지는 양이 1인분이 될 수 있도록 생각해봤다. 하지만 실제로 시제품을 만들어본 결과 국수가 절취선 사이로 잘 빠져나오지 않았다. 그래서 절취선 대신 원을 선택했다. 국수 봉지에 원을 만들어 그 원만큼 나오는 국수의 양이 1인분이 될 수 있도록 했다. 이번에는 국수가 잘 나왔다. 하지만 만약 '4인분의 양을 꺼낼 때는 어떻게 하지?' '꺼내는 행동을 4번이나 반복해야 하나?' 라는 의문을 가지게 되었고 그 결과 원을 겹쳐 포개기 방법으로 최종 발명품을 완성했다.

〈아이디어 개선과정〉

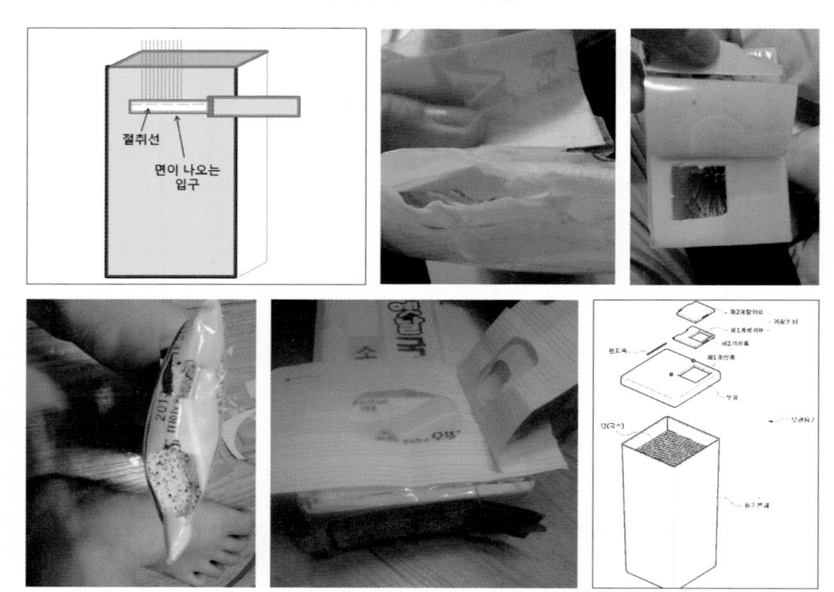

ADVICE

발명을 하기에 앞서 가장 중요한 것은 '선행기술조사'라고 생각한다. 아이디어가 떠오르면 즉시 특허정보검색사이트 '키프리스'를 이용해 검색하는 것을 추천한다. 대부분 우리가 생각한 발명은 이미 존재하는 것들이다. 따라서 아이디어를 구체화 시킨 후 찾아보게 되면 이미 세상에 나와 있는 발명품을 보고 좌절할 확률이 높다. 검색방법은 키프리스(www.kipris.or.kr)에 자세히 나와 있다.

▲ 키프리스 사이트

발명·특허 특성화고 학생의 입시

대학입시를 준비하며 힘들었던 것은 공부를 하는 것이 아니라 사람들의 부정적인 시각을 극복하는 것이었다. 남들과 다른 활동을 했지만, 그 활동들이 새로운 길을 만들어나가는 과정이었기에 누구도 나의 미래를 예측할 수 없었다는 것이었다. 때문에 나는 응원과 지지보다는 부정적 이야기와 걱정을 더 많이 듣게 되었다.

"발명만 하던 학생이 대학에 진학할 수 있겠어?"

사람들은 편견 어린 시선으로 나를 바라보았다. 서강대학교 지원을 두고는 '확률 없는 로또를 왜 하냐'며 발명만을 했던 학생이 서울의 상위권 대학에 입학하는 것은 불가능하다고 결론을 내렸다. 하지만 난 당당했고 자신이 있었다. 이미 고등학교 입학 때부터 '없는 길'을 만들어 왔고 그 길에서 'IP CEO'라는 명확한 꿈을 키워온 경험이 있으니 말이다. 고등학교 교육을 통해 나는 더욱 탄탄해졌고 발명·특허를 보유하는 등 나름의 전문성도 축적했다. 여기에 학교에서 배우고 느낀 점을 진솔하게 표현한다면 합격할 거라는 확신이 있었다.

졸업할 즈음 내가 지닌 것은 다른 친구들의 자기소개서처럼 '어떠어떠한 상을 수상했으니 나를 뽑아주세요.' 와는 달랐다. 2015년 입시에서 수상 실적이나 활동보다는 발명을 통해 변화된 모습 위주로 얘기했다. 중요한 것은 발명으로 얻은 수상 실적이 아니라, 발명을 통해 변화된 나 자신의 모습이었기 때문이다. 결국 발명이 나를 좋은 대학에 합격하도록 이끌었다. 뿐만 아니라 서강대 외의 다수의 훌륭한 대학에 합격하는 기쁨까지 누리게 되었다.

"대학 생활은 어떠니?"

사람들은 내게 묻는다. 발명에 미쳐 살던 아이가 대학에 입학했으니 대학생활이 다들 궁금한가 보다. 사실 사람들은 대학생활 적응에 대한 걱정을 표했다. 대학생활이라는 것이 새로운 환경들과의 만남이기 때문에 발명만을 잘한다고 해서 대학생활을 잘한다는 보장이 없기 때문이다. 하지만 생각보다 학교생활은 즐거움의 연속이었다. 나의 꿈과 연관된 교육과정을 보고 선택하게 된 Art&Technology학과는 배움의 즐거움을 느낄 수 있는 시간이었고, 대학생활은 마음껏 나의 역량을 발휘할 수 있었다.

특히나, 혜린이가 같은 학과에 입학하면서 혼자서는 하지 못했을 일들을 함께 해나가고 있다. 창업동아리에 선정되어 지원금을 받아 혜린이와 함께 발명 교육 컨텐츠를 만들고 방과 후 교실 강사 활동을 했다. 또한 〈대국민발명프로젝트〉를 진행하며 발명은 어렵다는 인식을 바꾸기 위한 프로젝트를 진행하는 등의 꾸준한 발명활동도 하고 있다.

그리고 성적도 나쁘지 않게 받았다. 2학년 1학기에는 성적우수장학금도 받을 수 있었다. 하지만 분명 높은 성적을 받기 위한 어려움도 존재했다. 1학년 1학기 읽기와 쓰기 과목에서 C+의 중간고사 성적을 받았다. 중간고사 시험은 타자성에 관련된 자신의 생각을 적는 논술 형태였다. 문제를 읽어도 문제의 뜻을 이해하지 못했고 논술을 어떻게 써야 하는지 배워본 적이 없기에 논술을 공부한 친구들에 비해 낮은 성적을 받게 되었다. 하지만 기말고사의 성적은 A+을 받아 최종 B+을 성적을 받았다.

기말고사는 홍보인터뷰를 진행하는 것이었다. '돈까스 발명왕'이라는 주제로 수십 가지의 돈까스를 개발한 사장님의 인터뷰를 진행했다. 인터뷰는 고등학생 시절부터 〈특허청청소년발명기자단〉 활동을 통해 많이 해오던 것이라 큰 무리 없이 진행할 수 있었다. 당시 담당 교수님께서는 신선한 주제와 발명과의 연결성을 칭찬해주시며 독자의 흥미를 이끌었다며 칭찬해주셨다.

이 경험을 통해 내가 못하는 것이 존재하지만, 반면 내가 남들보다 잘하는 것도 존재하다는 것을 느낄 수 있었다.

대학 생활 모습

1. 15학번 Art&Technology 친구들(사진: 스튜디오모노픽)
2. 학부 별 춤 경연대회(사진: 비주얼스토리텔링 10 최근우)
3. 만우절(교복데이)
4. Creative computing 수업모습(사진: Art&Technology 15 박찬우)
5. Intro to A&T 수업모습(사진: Art&Technology 15 박찬우)

Chapter 02

발명을 통해 꿈을 꾸는 혜린이의 이야기

장애물을 만났다고 반드시 멈춰야 하는 것은 아니다. 벽에 부딪힌다면 돌아서서 포기하지 말라.
어떻게 벽에 오를지, 벽을 뚫고 나갈 수 있을지, 또는 돌아갈 방법은 없는지 생각하라.

Obstacles don't have to stop you. If you run into a wall, don't turn around and give up.
Figure out how to climb it, go through it, or work around it.

— Michael Jordan

어떻게 발명을 시작하게 되었나요?

'과학소녀', '발명소녀'가 되다!

발명을 처음 접하게 된 것은 초등학교 5학년 때, 어느 초등학교의 발명교실을 다니게 되었을 때이다. 친구를 따라 발명교실을 다니게 되었다. 앉아서 공부만 하던 일반 교실과는 달리 발명교실은 구조물을 만들어 계란 보호하기, 호버크래프트 만들기, 가장 튼튼한 다리 만들기 등 다양한 창의적인 수업을 하며 어린 나에겐 단지 재미있게만 느껴지는 수업이었다.

초등학교 때 공부 못하는 사람이 있겠느냐마는, 난 매주 월요조회마다 상을 받으러 나가는 나름의 엘리트였다. 특히 과학과 발명, 글쓰기 분야에서 주로 상을 받았다. 학교에서는 과학을 좋아해서 선생님과 친구들 모두 '과학소녀'라고 불렀다. 나 역시 '과학소녀'라는 별명이 마음에 들었다. 성적도 좋아 몇몇 친구들과 국제중학교 입학을 준비하였다. 몇 차례의 관문은 뚫었지만, 마지막 관문이었던 '뽑기'에서 탈락하고 말았다. 50%의 확률에서 파란 공이 아닌 하얀 공을 뽑고 말았다. 같이 갔었던 친구는 파란 공을 잡아 엄마와 기쁨의 눈물을 흘리고 있었다. 친구에게는 괜찮다고 가서도 열심히 하라고 애써 웃어 보였지만, 집에 가는 길에 엄마 손을 붙잡고 펑펑 울었다. 단순한 뽑기 운으로 인생의 중대한 것이 결정된 것이었다. 어린 마음에 그때는 마치 나의 인생이 끝난 것만 같았다.

파란만장하던 초등학교 때와는 다르게 중학교 때는 새 출발(?) 하는 마음으로 아주 조용히 흘러갔다. 말 수도 숫기도 없고 성적도 평범한 학생이었다. 그렇게 흘러가던 중 중2, 15살 때 엄마가 갑자기 "발명·특허 특성화고라는 곳에서 발명 영재 학급을 시작한다는데, 해보지 않겠니?" 라고 물으시며 학교 현수막을 찍은 사진을 보여주셨다. 엄마도 그 근처 차를 타고 가다가 우연히 모집공고를 보게 되신 것이었다. 과학과 발명에 관심이 있었고, 초등학교 때 발명을 했었기 때문에, 처음엔 단지 그냥 '해볼까?'라는 마음으로 지원하였다. 그때부터 나의 인생은 바뀌기 시작했다.

꼴찌로 시작한 발명

그렇게 '해볼까?'라고 발명영재학급에 지원했던 난 예비 1번을 받았다. 초조하게 학교 화장실에서 핸드폰으로 추가 합격 결과를 기다리던 기억이 아직도 생생하다. 하지만 그때 왠지 모르게 붙을 거라는 확신이 있었고, 예상대로 운 좋게 1명이 나가게 되어서 영재학급에 '꼴찌'로 들어가게 되었다.

초등학교 땐 딱 초등학생 수준의 발명 교육이었다면, 역시 '영재'라는 말이 붙어서인지는 몰라도 수준이 높은 발명교육을 받게 되었다. 지식재산권과 특허라는 개념에 대해서도 배우고, 실제로 아이디어를 내며 내 이름으로 특허출원도 하였다. '지식에 권리를 부여한다.'는 개념이 흥미로웠고 재밌었다. 그리고 중학교 3학년 때 발명·특허 특성화고(미래산업과학고)에서 진행하는 '미래발명영재교육센터'에 입학하며 지속적으로 발명교육을 이어나갔다. 이와 더불어 발명 교실 기본, 심화과정이 있었는데 그것도 동시에 수료하였다. 교육원에선 골드버그장치[12*]를 한 것이 가장 기억에 남는다. 여러 가지 재미있는 재료도 주어졌으며 다 같이 설계해서 골드버그 장치를 꾸몄다. 우리 조는 '인생'이라는 스토리로 장치를 만들었다. 처음 부부가 결혼을 해서, 아이가 태어나면서부터 골드버그 장치가 시작된다. 그 인생이 흐르는 것을 골드버그 장치가 지나가는 것으로 만들었다. 단순히 장치를 만드는 것이 아니라 그 안에 스토리가 있었다고 많이 칭찬을 받았다. 이렇게 발명·특허 특성화고(미래산업과학고)의 발명교육은 발명과 특허만 가르친 게 아니라 골드버그와 같이 창의적으로 문제를 해결하고 기획하는 능력도 가르쳐주었다.

12* 미국의 만화가 루브 골드버그(Rube Goldberg, 1883~1970)가 고안한 연쇄 반응에 기반을 둔 기계장치. 생김새나 작동원리는 아주 복잡하고 거창한데 하는 일은 아주 단순한 기계를일컫는 말이기도 하다(시사상식사전, 박문각).

▲ 제작 된 골드버그 장치

난 고등학교 진학을 발명·특허 특성화고인 미래산업과학고등학교 발명특허과로 진학하였다. 사실 난 인문계와 발명·특허 특성화고 사이에서 많은 갈등을 겪었다(이에 대해서 뒤에 자세하게 설명). 이 고등학교 진학이 내 인생의 가장 큰 터닝포인트가 되었다고 생각한다. 사실 고등학교에 다닐 당시에도 인생의 방향이 완전히 바뀌었다고 생각이 들었다. 고등학교에 다니면서도 고1 때 미래발명영재교육센터 고등과정에 다녔다. 즉 발명·특허 특성화고(미래산업과학고)의 발명 교육 과정을 3년간 거의 다 밟은 셈이다.

고등학교에서 열심히 발명을 공부하며 1학년 때 최상위 영재교육원이라고 할 수 있는 KAIST IP영재기업인 교육원의 편입에 합격하였다. 2년간 열심히 다니며 고2 때까지는 발명활동에 집중하였다. 고3때는 공부에 집중하며 대학입시를 준비하였고 서강대 Art&Technology과에 합격하여 16학번에 재학 중이다. 서강대학교 Art&Technology과는 그동안 해온 발명활동과 별반 다르지 않다고 생각한다. 여러 가지를 배우고 접하며 자신이 생각해낸 것을 표현하고 만들어낸다. '크리에이티브'라는 표현이 딱 알맞다. 대학생활과 전공에도 만족하고 있다. 이렇게 짧게 나의 약 7년간의 발명 스토리를 축약해보았다.

서강대학교 Art&Technology학과 소개

창의적 기획, 스토리텔링, 가치 창출과 관련된 인문학, 감성 표현, 아트 미디어 디자인 콘텐츠와 관련된 문화예술, IT융합기술의 구현 및 IT융합기기 신제품 개발과 관련된 공학 등 크게 3가지 영역으로 구성된 융합형 교과과정을 운영하고 있다. 전공에서는 기존의 교수 중심의 강의식 수업에서 벗어나 학생 중심의 자기주도적 학습을 위한 프로젝트 기반 수업을 운영하여 다양한 실기 및 프로젝트 중심의 교과과정을 개설하고 있으며, 또한 첨단 IT기술(웨어러블 컴퓨팅, 가상/증강현실, 3D프린팅, 게임기반 교육, 스마트 기기 등)을 활용한 몰입형 교육 모듈을 개발하여 차세대 교육 커리큘럼의 혁신을 꾀하고 있다.

▲ 학과 로고

홈페이지 : http://creative.sogang.ac.kr/

고등학교생활은 어땠나요?

왜? 발명·특허 특성화고였을까

고등학교 진학에 있어서 깊은 고민해 빠졌다고 앞선 내용에서 언급했었다. 그렇다. 중3의 나는 발명·특허 특성화고와 일반 인문계 고등학교 사이에서의 중요한 삶의 갈림길에 서 있었다. 본격적인 발명교육을 2년째 받고 있었고(초등학교 땐 기초적인 발명교육), 그 교육이 재미있었고 좋았다. 하지만 한편으론 '이 학교에 가도 될까', '잘할 수 있을까?' 라는 고민 즉, '발명을 계속 공부하고 발명을 잘할 수 있을까?' 라는 불안감이 있었다. 난 나 자신이 창의적이지 않다고 생각했으며 발명과 맞지 않는 사람이라고 생각했었다. 발명을 계속 할 자신이 없었다. 그 때는 미래가 불투명하게 느껴졌다. 차라리 인문계로 가면 다른 꿈이 생길 수도 있는 가능성이 많아질 것으로 생각했다. 발명·특허 특성화고를 가게 된다면 발명, 그 한 가지라고 생각하였다. 인문계에서는 내

'전공'으로 내 가능성이 국한되지 않고 공부를 하며 미래에 대해 차차 생각해 볼 수 있을 것 같았다. 그리고 굳이 발명·특허 특성화고를 가지 않더라고 발명영재교육센터를 통해서 발명교육을 계속 이어나가면 된다고 생각했었다.

나의 의견을 반대한 것은 엄마였다. 엄마는 발명·특허 특성화고에 진학하기를 원하셨다. 엄마는 인문계에 가서 어중간하게 공부할 바에는 발명을 계속 공부해서 발명으로 너의 경쟁력을 만들라는 것이었다. 고등학교 문제 때문에 엄마와 많은 논쟁을 벌였다. 발명·특허 특성화고로 마음을 바꾸게 된 결정적인 계기는 엄마의 한마디였다.

"엄만 네가 더 넓은 세상을 경험했으면 좋겠어".

어떠한 말보다 엄마의 이 한마디가 가슴에 확 다가와 꽂혔다. 인문계보다 발명·특허 특성화고를 가는 것이 훨씬 다양한 경험을 만들 수 있는 것은 사실이었다. 발명영재교육센터에서 공부한 경험 또한 마찬가지로 중학교에서 쉽게 할 수 없는 그런 경험이었다. 그래서 발명·특허 특성화고(미래산업과학고)로 진학을 결심하게 되었다. 또한, 중학교 때 발명을 해왔기 때문에 학교 선생님들이 날 학교에 오라고 설득하셨다. 날 불러주는 고등학교가 어디에 있을까?

여담으로, 중학교에서 특성화고에 갈 사람들을 선생님께서 부르셨다.

"○○○, △△△, □□□, 송혜린…"

"송혜린??", "혜린아 너 왜 특성화고가?", "가서 뭐하게??"
아이들의 수군거림이 들렸다.

나는 중학교에서 성적이 중상위권이었다. 그리고 나와 비슷한 성적의 친구들은 대부분 인문계 고등학교에 진학했다. 때문에 주위 친구들은 특성화고를 가냐며 놀란 눈으로 내게 물었다. 그때를 잊을 수가 없다.

중학생 때 2년간 발명·특허 특성화고의 발명교육을 받으며 발명·특허 특성화고에 대한 인식이 좋았기 때문에 다른 학교와는 다르다고 생각했었다. 그래서 친구들이 그러는 것이 도리어 잘 이해가 가지 않았다. 그땐 몰랐지만, 특성화고를 다니며 사회로 나오니 특성화고에 대한 인식을 알 수 있었다. 특성화고의 옛날 표현은 상고 혹은 공고이다. 이러한 까닭 때문인지 '학교 분위기가 안좋은 곳' 등과 같은 부정적 인식이 많은 것같다.

지금 생각해보면, 인문계에서 미래를 차차 고민할 수 있을 거라고 생각하고 인문계를 가기를 원했었던 나 자신이었다. 하지만 인문계에서 미래를 고민하면서 꿈을 찾기가 쉬웠을까? 공부경쟁에 이리저리 치이다 보면 생각할 틈도 없이 어느새 고3이 되어있었을 것이다. 오로지 성적에만 신경 써야 하고 미래를 고민할 여유는 없었을 것이다. 다양한 꿈을 꾸고 생각해보기 위해 인문계에 가려고 했었지만, 더 다양한 경험을 하고 다양한 꿈을 꾸게 해준 건 오히려 발명·특허 특성화고였다.

발명슬럼프

고등학교에 진학하고 나니 아이디어를 구상하고, 친구들과 발전시키는 것이 그야말로 일상이 되었다. 1학년 땐 발명활동에 집중했다. 발명대회란 발명대회는 모조리 나갔다. 매일 밤 10시까지, 인문계 학생들은 펜을 잡고 칸막이 책상에서 공부했다면 나와 내 친구들은 아이디어를 발표하고 서로의 아이디어의 모순을 해결해주었다. 아이디어를 개선시켜주고 발전시켜주었다. 주말에도 학교에 나가서 아이디어 회의를 하고 구상했다.

그게 일상이다 보니 발명·특허 특성화고 학생들은 전국 발명대회에서 상을 휩쓸어 왔다. 발명대회에서 가장 많이 상을 받은 학교에게 주는 학교상도 매년 받았고, 지금도 매년 받고 있다. 그에 반해 나의 성과는 바닥이었다. 1학년 때 발명아이디어로 받은 상장은 정말 단 하나도 없다.

남들보다 열심히 해왔고, 했다. 심지어 친구들보다 2년 빨리 발명을 시작했던 나였다. 하지만 나에겐 1차 합격도 주어지지 않았다.

'인생이 왜 이러지?'

거듭되는 실패에 이런저런 생각이 교차하며 슬럼프가 찾아왔다. 그야말로 '발명슬럼프'였다. 중학교 때만 하더라도 친구들에게 '발명영재'라고 불렸고 발명계(?)에서 나름대로 유망 있는 아이라고 생각했다. 하지만 실패가 거듭되자 선생님들의 눈길과 손길은 멀어지게 되었고 점점 발명계 에이스(?) 자리에서 멀어지게 되었다.

다른 친구들의 합격을 보며 축하만 해주고 있었던 그때, 발명을 가르쳐 주셨던 선생님께서 해주셨던 말이 있다.

"대기만성이라고 했다"

발명대회 결과가 나오고 집으로 돌아가던 길에, 전화로 해주셨던 그 한마디가 아직까지도 기억에 남는다. 그 말이 나를 다시 일어서게 만들었던 것 같다.

'대기만성' 큰 그릇이 되기 위해 많은 노력과 시간이 필요하다는 뜻이다. 몇 년 안 되는 나의 고등학교 삶은 실패로 얼룩졌던 삶이라고 생각한다. 수십 개의 발명대회에서 모두 떨어졌고, 심지어 주위에서 친구와 비교까지 당하며 우울증도 오고 공부도 잘 안되고 참 힘들었던 시기였다. 고등학교 적응도 3학년이나 돼서야 적응을 시작할 수 있었던 것 같다. 하지만, 이러한 어려웠던 상황을 이겨낼 수 있었던 이유는 나는 나 자신이 큰 그릇이라고 생각했으며 이런 실패들이 다 쌓여 큰 성공을 거둘 것이라는 확신이 있었기 때문이다. 그래서 난 실패를 겪어도 계속해서 도전했다. 그리고 그 후에 큰 상을 받게 되었다.

위의 경험을 통해서, '발명'에 대해서 느낀 점이 있었다. 아이디어 창출에 대해서 말이다. 그동안 나의 실패에 대한 원인을 찬찬히 분석해 본 결과 참 많은 문제점이 있었다. 내 발명품에 큰 자부심이 있었고 겸손하지 못했던 것 같다. 또한, 아이디어의 현실 가능성도 제대로 고려해 본 적이 별로 없었다. 가장 큰 문제점은 오직 '나만을 위한 발명'을 해왔던 것이었다. 발명하기 위한 불편한 점도 나의 생활 속에서만 찾았었고 그 얕은 생각에서 나온 발명품들은 오로지 내 관점에서만 생각했던 좋은 발명품이었다. 그런 것들은 인정받을 수 없었다. 나만을 위한 발명이 아니라 모두를 위한 발명을 해야 모두에게 인정받을 수 있었다.

실패로 인해서 두 가지를 얻었다. 하나는 실패가 성공의 거름이 된다는 것, 또 하나는 무슨 일이든지 전력을 다하면 반드시 성공을 이룰 수 있다는 것이다. 이 전력이론은 2년간 몸소 느낀 내 삶의 좌우명이 되었다. 정말 열심히 하면 못할 것이 없다. 뻔한 말이지만 사실이다. 열심히 하면 불쌍해서라도 하늘이 돕는다. 난 그렇게 생각한다.

생애 첫 토크 콘서트 <세/바/아>

고교 시절 했던 가장 큰일은 〈도시농업[13*], 적정기술[14*]과 만나다〉에서 열린 나의 토크 콘서트라고 말할 수 있겠다. 서울특별시에서 주최하고, 도시농업시민협의회에서 주관하는 노원의 한 축제였다. 축제는 9월 초였다. 나는 고3이었다. 8월, 한창 입시를 준비하고 있을 당시였다. 하루 종일 자기소개서를 작성하던 나에게 막 대학생이 된 혜진 언니가 '적정기술 축제가 있는데, 적정기술 아이디어가 있으면 그 축제에서 잠깐 발표할 수 있겠느냐?' 해서 난 OK했다. 혜진 언니에게 말을 전해준 사람은 학교의 신재경 선생님이셨다. 선생님께서 고3이라 바쁜 나에게 이야기하면 내가 부담스러워 할까 봐 나와 친한 혜진 언니한테 전달을 부탁한 것이었다. 막상 선생님께 물어보니 일은 정말 컸다. 잠깐 적정기술 아이디어를 발표하고 적정기술을 한 10분 정도 설명하는 발표를 하면 되는 줄 알았던 나는 덜컥 1시간짜리 토크 콘서트를 열게 되었다. 기획, 사회자, 자료 준비, 상품 준비 등등 모두 다 내가 맡아 해야 했다. 선생님께서는 정말 아무것도 알려주지 않으시고 그냥 '1시간 그 축제의 토크 콘서트를 기획해봐라.'라고만 하셨다. 그 1시간은 온전히 나에게 달려 있었다.

13* 도시 내부에 있는 소규모 농지에서 경영하는 농업. (두산백과)

14* 낙후된 지역이나 소외된 계층을 배려하여 만든 기술.(IT용어사전)

주어진 준비 기간은 2주. 정말 아무 생각도 나지 않았고 막막했다. 모두가 그 축제에 힘과 노력을 들인 것을 잘 알고 있었다. 절대 폐가 되고 싶지 않았다. 엄청난 부담감에 차라리 그만두고 싶었다. 도대체 뭘 어떻게 해야 할까. 1주 동안은 막막한 생각과 고민으로 날려버렸다. 토크 콘서트가 무엇인지 하나도 몰랐으며 심지어 토크 콘서트를 진행하고 기획하는 건 더더욱 몰랐다. 도시농업 또한 나에게 생소한 분야였다. 게다가 고3, 자기소개서를 한 자라도 고쳐야 할 시간이었다. 무엇보다 시간에 매우 쫓겨있었다.

그렇지만 포기할 수 없었던 이유 두 가지가 있었다. 첫째, 엄청난 기회였다. 아무런 조건 없이 난 토크 콘서트를 진행하고 기획할 수 있던 것이다. 토크 콘서트. 이름도 거창했다. 앞에 나서기 싫어하고, 발표도 잘하지 못하고 말재주도 별로 없는 나였다. 하지만 정말 큰 기회였다. 순전히 선생님께서 날 믿고 계시기 때문에 주신 기회라고 생각이 들었다. 오로지 나 개인적으로 진행하는 것이었기 때문에 그동안 쌓아온 역량들을 모두 여기서 마음껏 펼치며 발휘할 수 있을 것이라 생각했다. 그래서 난 절대 이 기회를 놓칠 수 없었다. 그리고 둘째, 날 믿는 사람들을 실망시킬 수 없었다. 이미 맡은 일이었고, 하겠다고 했기 때문에 그 책임감도 있었다.

마음을 고쳐 잡고 부담감에만 사로잡혀 고민만 하고 있던 생각을 차차 진행하기 시작했다. 먼저 생소했던 도시농업을 공부하고 이해하기 시작했다. 공부해보니 꽤 재미있는 분야였다. 도시에서 농업을 한다니 평소 환경에도 조금 관심 있던 나에게 흥미로웠다. '농업이라고 해서 분명히 재미없을 거야'라고 생각했었는데 시작도 안 해보고 그런 생각을 했던 것을 후회했다. 적정기술 역시 다양한 사례를 찾아보니 흥미로웠다. 이렇게 흥미를 붙이니 차차 진행이 돼가기 시작했다. 기획도 재미있었다. '무조건, 반드시 성공 시킨다'라는 집념으로 행했다.

▲ 적정기술 포스터

이름은 〈세/바/아〉, 〈세상을 바꾸는 아이디어 토크 콘서트〉로 정하였다. 발명, 도시농업, 적정기술이 적절히 섞이도록 기획하였다. 청중의 생각을 듣는 코너와 인터뷰, 창의력퀴즈 등 청중이 많이 참여할 수 있는 코너 위주로 기획하였다. 총 4부를 기획하였다. 1부는 〈워밍업 토크(15분)〉, 2부는 〈본래 농업과 도시는 하나이다.(20분)〉, 3부는 〈노원 먼저 꽃으로 덮자(15분)〉, 4부는 〈도시농업, 적정기술과 만나다.(10분)〉 이라는 제목을 정하고 시간을 잘 분배하여 진행하였다. 도시농업과 적정기술을 적절히 잘 섞으려고 노력하였다.

진행하면서 청중들의 눈치를 살피는 것이 살짝 힘들 때도 있었지만 재밌었다. 시간이 갈수록 자신감이 붙었다. 마지막 청중들의 박수에 눈물이 날 것 같았다. 두렵다고 도망치지 않은 나 자신도 대견스러웠고 무엇보다 이런 기회를 놓치지 않은 것이 내 자신이 한 뼘 더 성장한 기분이 들었다. 생각해보면 정말 미흡했다. 처음이었고, 그 많은 청중 앞에서 나의 토크 콘서트를 진행한다는 게 말도 안 되는 일이라고 생각했다. 그걸 극복하니 짜릿한 성공과 뿌듯한 보람이 넘쳤다. 또한, 나 혼자 자유롭게 기획한 일이었기 때문에 보람이 배가 되었다. 학교에서 배운 건 발명뿐만 아니라 기회를 잡는 법, 자신의 한계를 이겨내는 방법도 배웠다.

▲ 세/바/아 토크 콘서트 모습

고등학교 선택을 앞둔 후배들을 위한 조언

혜진 언니와 나는 걸어온 길이 비슷하기 때문에 학교에서 배운 것도, 느낀 점도 비슷할 것이라고 생각한다. 가장 먼저 발명과 특허가 아직은 그렇게 우리나라에서 대중적인 학문이 아니다 보니 나만의 경쟁력이 생겼다. 아이디어를 발표하는 것은 일상이 되어 발표능력도 예전과 비교하면 매우 성장할 수 있었다. 또한, 기업에 우리의 아이디어를 기술이전, 토크 콘서트 등 남들보단 특별한 경험을 했다고 말할 수 있다. 그런 것보다는 내면적인 부분에서 성장한 것들을 나타내보고 싶다.

약 5년간 발명·특허 특성화고에서 지내며 변화되는 환경에 대한 적응도 경험했다. 경험을 하며 어떤 공부보다도 이 사회의 현실에 대해 많이 깨달았다. 느끼는 점도 많고 허무함, 상실감, 회의감이 들었다. 그 과정에서 상처도 많이 받았다. 그래서 심적으로 힘든 일도 많았다. 특히 고등학교 1학년 때는 우울증이 왔었다. 여러 가지로 많이 힘들었다. 사실 발명과 아이디어라는 게 매우 주관적이지 않는가. 그러다 대박이 나면 대박이 나는 것이다. 그런 것이 발명이고 창업이다. 아이디어가 어떤 곳에서는 저평가돼도 다른 곳에서는 높게 평가받을 수 있다. 중학교 때는 성적과 직결되는 것이 없었고 단순한 발명영재교육센터였기 때문에 그저 발명을 즐기기만 했었다. 발명을 '공부'한다는 느낌은 전혀 없었다. 하지만 발명을 전공으로 삼고, 진지하게 대하고 공부해야 한다는 것이 바뀌게 된 것이다. 달라진 환경에 적응하기가 힘들었던 것 같다.

그리고 개인적으로 발명·특허 특성화고 진학에 관심을 조금이라도 가지고 있는 학생들과 고등학교 진학을 앞둔 후배들에게 해주고 싶은 말이 있다. 물론 나의 이야기는 주관적이고 정답은 아니다.

학교의 발명교육을 보고 간 것이고, 그 속에서 받은 교육과 경험들이 매우 값졌다. 발명·특허 특성화고에 큰 자부심을 가지고 있다. 하지만 내 글을 읽고 '와, 발명·특허 특성화고 정말 좋은 학교다!'라고 생각하고 무작정 입학하는 건 절대금물이다. 자신의 미래를 깊게 고민해보고, 학교에 대한 것도 반드시 철저하게 조사해보길 바란다. 학교 수업 과목으로 무엇을 배우는지, 각 학과마다의 차이점은 무엇인지, 발명 특허과에서는 2학년 때 기계, 전자, 디자인 이렇게 3개의 과로 나누어지는 사실 등등 세세한 것들을 잘 조사해보자. 그러니까 학교의 홍보만 보고 현혹되어 덜컥 입학하지 말고, 자신이 원하는 학교와 적합하고, 즐겁게 생활할 수 있을지 많은 고민을 해보고 오길 바란다. 이것이 후배들에게 꼭 해주고 싶은 현실적인 조언이다. 이렇게 충분히 고민을 하고 고등학교를 선택한다면 더욱 의미있는 학교 생활을 할 수 있을 것이다.

발명 활동 사진들

1 발명재능기부봉사
2 발명품제작중
3 2014 글로벌인재포럼

4 제주도 발명 캠프

5 기업과 함께하는 아이디어 멘토링

6 직무발명 3R 공장 견학 모습

Q3

발명활동에 대한 정보들이 궁금해요!

발명품 소개해주세요!

빨대 종이컵, 빨대 우유팩 (특허 출원번호 10-2013-0091815)

아주 옛날부터, 초등학생 때 우유를 마시다가 생각한 아이디어로, 개인적으로 애정이 가는 발명 아이디어이다.

프랜차이즈 카페나 패스트푸드점 등 계속해서 일회용 컵의 소비는 나날이 늘어나고 있다. 항상 패스트푸드점을 가면 컵을 사용하고 빨대와 컵을 따로 분리해서 버려야 하는데 이 번거로움을 제거하고자 만들었다. 빨대를 컵과 같은 재질로 만들어서 한꺼번에 분리수거 할 수 있게 만드는 것이다. 우유도 똑같다. 빨대는 플라스틱이니 종이 재질인 우유팩과 분리수거해서 버려야 한다. 그래서, 빨대를 우유팩과 같은 재질(종이)로 만들어 분리수거 하지 않고 버릴 수 있는 아이디어이다.

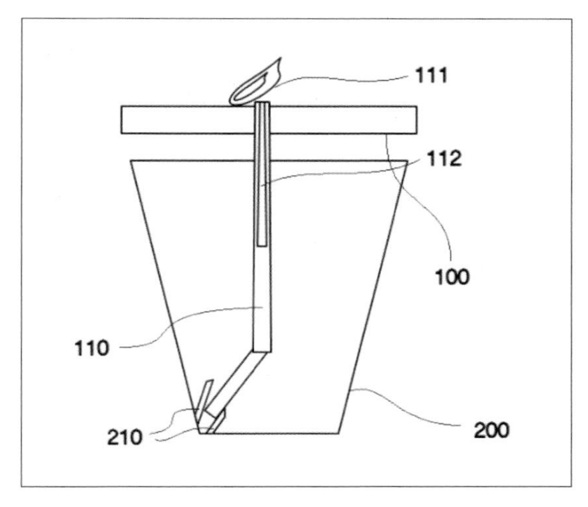

◁ 도면

폭설에 붕괴를 방지하는 비닐하우스

겨울에 눈이 내리면 비닐하우스가 붕괴되는 사고는 매년 빈번하게 일어난다. 이 사고를 방지하고자 비닐하우스의 지붕과 기둥이 만나는 부분의 프레임에 스프링을 달아서 그 무게를 견딜 수 있도록 설계한 비닐하우스이다. 이 아이디어는 앞서 말한 발명슬럼프를 이겨낼 수 있는 아이디어가 되었다. 국내에서 가장 큰 발명 대회라고 할 수 있는 〈대한민국학생발명전시회〉에서 2014년에 은상을 받은 작품이다.

〈발명품 도면과 목업 & 상장〉

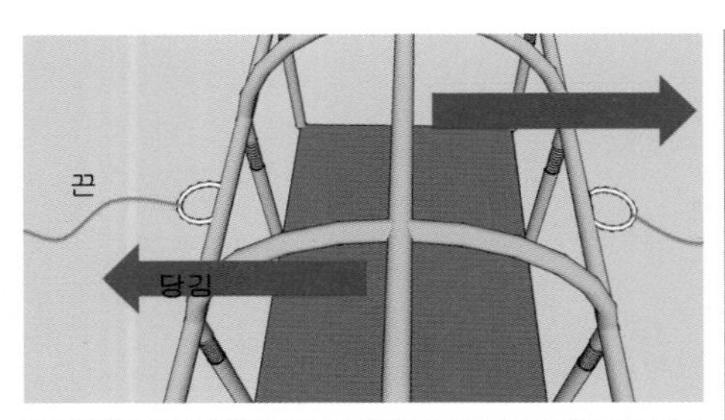

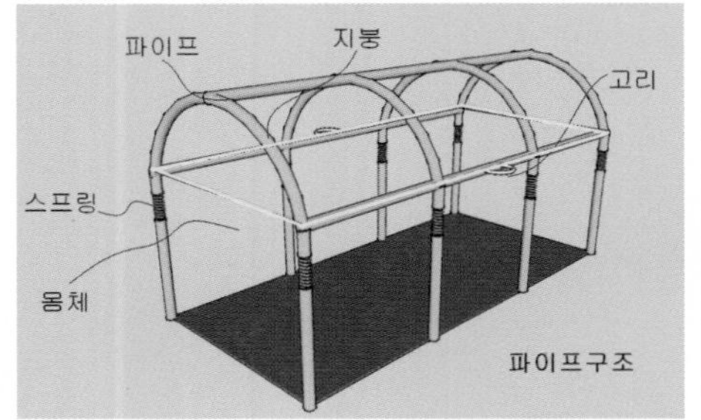

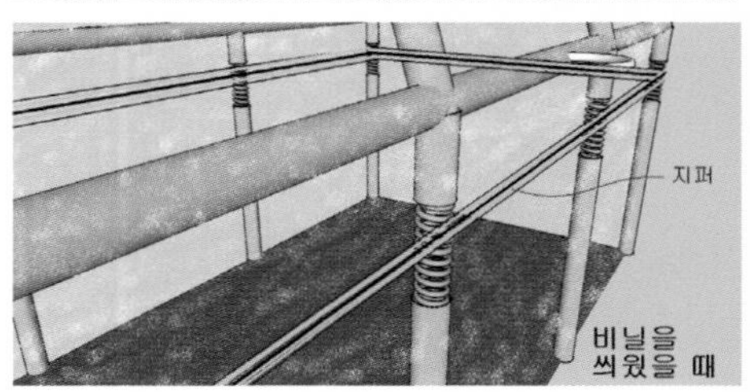

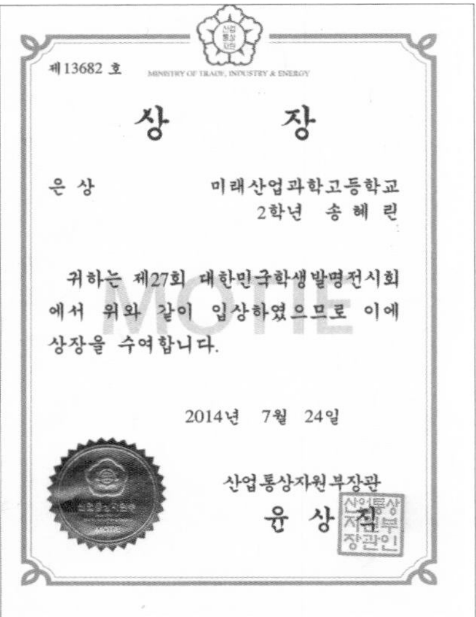

제13682 호

MINISTRY OF TRADE, INDUSTRY & ENERGY

상 장

은 상

미래산업과학고등학교
2학년 송 혜 린

귀하는 제27회 대한민국학생발명전시회에서 위와 같이 입상하였으므로 이에 상장을 수여합니다.

2014년 7월 24일

산업통상자원부장관
윤 상 직

〈발명동기: 빨대 종이컵, 빨대 우유팩〉

©2016 : DDY

〈발명동기: 폭설에 붕괴를 방지하는 비닐하우스〉

아이디어 창출 Tip / 발명대회 Tip / 발명대회 서류 작성 Tip

아이디어 창출 Tip

발명활동을 하며 많은 노하우가 쌓였기 때문에 이 책을 읽는 발명 후배들을 위한 Tip을 주고 싶어서 작성해본다. TRIZ기법, 발명 십계명 등 다양한 아이디어 창출 기법이 있지만 가장 쉽게 도움을 받았던 방법을 중심으로 이야기하고자 한다.

1. 제비뽑기 발명

이것은 처음 발명을 하며 시도했던 방법이다. 먼저, 두 개의 제비뽑기 통을 준비한다. 그리고 그 안에 종이 한 장에 하나의 단어를 여러 개 적어 두 개의 통에 나누어 놓는다. 그리고 각 각의 통에서 한 장씩 뽑는다. 그리고 뽑힌 단어들의 특징을 조합하여 발명아이디어를 생각해 보는 것이다. 예를 들어, 부채와 빛을 뽑았다면 부채의 더운 여름 시원한 바람을 만들어준다는 특징과 빛의 어두운 곳을 밝혀준다는 특징을 합쳐 더운 여름 콘서트 현장에서 시원하게 부채질을 하며 응원을 할 수 있는 '빛이 나는 부채' 등의 아이디어를 창출할 수 있을 것이다.

2. 인터뷰해보기

보통 발명아이디어 생각하면 일상생활에서 찾곤 했다. 그러던 어느 날 소방관에 관한 기사를 읽게 되었다. 소방관들은 화재 현장에서 무전기를 사용하려면 공기호흡기 마스크를 벗은 후 30kg이 넘는 진압장비를 휴대한 상태에서 무전기까지 꺼내 들어야 해 항상 위험에 노출된다는 내용의 기사였다. 이 기사를 읽고 이러한 위험을 해결하고 싶다는 생각을 했다. 하지만 실제 진압현장에서의 소방관의 입장을 알 수가 없어 어떻게 문제점을 해결해야 하는지 알지 못했다. 그래서 직접 소방서를 찾아가 실제 소방관들의 이야기를 들어보았다. 이렇게 생생한 이야기를 듣고 나니 발명아이디어가 떠올랐고, 이를 구체화시켜 대회에 출품하여 우수한 성적을 거둘 수 있었다. 이처럼 자신과 먼 분야에 대한 호기심과 관심이 생긴다면 직접 인터뷰를 요청하여 이야기를 들으면 아이디어 창출 Tip을 얻을 수 있을 것이다.

3. 경험하기

매일 책상에 앉아 공부만 한다면 책상에 있는 물건들을 통해서만 아이디어를 창출할 수 있을 것이다. 밖에 나가서 친구들과도 신나게 놀기도 하고, 때로는 박물관이나 미술관도 견학해보기도 하고 부모님을 도와드리기도 하며 새로운 경험을 한다면 더욱 다양한 곳에서 새로운 아이디어를 얻을 수 있을 것이다. 실제로 부모님을 도와 설거지를 한 적이 있는데 싱크대의 높이가 너무 낮아 허리가 아픈 것이었다. 그래서 높이 조절 싱크대를 발명하게 되었다. 부모님을 도와 설거지를 하지 않았다면 발명할 수 없었을 것이다.

4. 신문읽기

신문은 신기술에 대한 정보를 빠르고 쉽게 알 수 있는 수단이다. 발명을 하는데 있어서 신기술을 아는 것은 매우 중요하다. 어떻게 세상이 흘러가고 있는지, 요즘 어떤 기술이 뜨고 있는지 등을 이해한다면 아이디어를 구체화시키는 것에 큰 도움을 받을 수 있다.

또한, 현재 사회에 필요한 아이디어에 대한 정보도 알 수 있다. 앞서 이야기한 '폭설에 붕괴를 방지하는 비닐하우스'는 인터넷 기사를 보다가 겨울철 눈이 많이 내려 비닐하우스가 눈으로 인해 붕괴사고가 빈번히 일어난다는 것을 알게 되어 발명하게 된 것이다.

발명대회 Tip

발명대회에서는 어떤 아이디어가 주목을 받을까?

1. 남을 위한 발명을 하라

나보다 남을 위한 발명을 하자. 특히 장애인, 노인이나 환경을 위한 발명품은 나보다 남을 위한 아이디어이기 때문에 수상할 가능성이 높아진다. 많은 발명대회의 수상작들을 봐도 이러한 발명품들이 많다.

2. 스토리 있는 발명을 하라

그냥 생각한 아이디어는 단지 대회에 나가기 위한 아이디어에 불과하다. 아이디어를 생각해낸 동기를 좋은 스토리로 작성한다면 아이디어에 가점을 얻을 수 있다.

3. 발표연습은 기본

발표 연습도 많이 해야 한다. 특히 타이머를 맞춰서 시간 내에 잘 끝내는 연습도 해보자. 또한, 예상 질문도 생각해보고 그에 맞는 대답도 준비하자.

4. 평소 메모하는 습관을 들이자

발명가라면 기본적인 소양 아닐까? 생활을 관찰하고 사람들을 관찰하면 좋은 아이디어가 나올 것이다. 굳이 이쁘게 발명노트를 만들어 할 필요는 없다. 길을 가다가 아이디어가 떠오르면 휴대폰에 메모를 해도 좋다.

발명대회 서류 작성 Tip

1. 간결한 문장을 써라

서류를 읽는 사람 입장에서 생각해보면 읽어야 하기도 하지만 발명품 자체를 이해하는 것이 우선이다. 그렇기 때문에 긴 문장이 아니라 짧은 문장으로, 빠른 시간에 이해시킬 수 있도록 하는 능력이 발명대회의 서류에서 중요하다고 생각한다.

2. 동기는 감성적으로

딱딱한 발명대회서류에서 동기는 한 줄기 빛이라고 생각한다. 동기가 재밌으면 아이디어를 볼 때도 호감의 시선을 가지고 보게 되는 것 같다.

3. 이해하기 쉬운 도면을 만들자

도면에 주어진 형식은 대부분 없다. 이해하기 쉽고 한눈에 알아볼 수 있는 도면을 그리는 것이 중요하다. 앞서 이야기된 우리들의 발명품 도면들을 참고해보자. 특히 명세서만으로 설명할 수 없는 아이디어라면 더욱 도면이 중요하다. 나는 주로 구글 스케치업 프로그램과 파워포인트 도형을 사용했는데 사용법도 쉽고 잘만 그린다면 좋은 퀄리티의 도면을 만들 수 있다고 생각한다. 좀 더 수준 높은 도면 작성을 원한다면 CAD프로그램을 추천한다.

4. 아이디어 명칭에 공들이자

심사위원들은 수많은 아이디어를 심사하게 된다. 따라서 가장 먼저 보게 되는 아이디어 명칭을 보고 한 번에 이해할 수 있거나 흥미를 유발한다면 더욱 자세히 살펴볼 확률이 높다.

발명영재학급 꼴찌에서, 최상위 영재교육원 (KAIST IP영재기업인 교육원)으로

고등학교 때 발명 아이디어만 구상하며 발명대회만 나간 것은 아니었다. 중학교 때 알게 되었던 KAIST IP영재기업인 교육원에 편입을 준비하였다. 원래 중학생들만 지원할 수 있는데, 시기를 놓쳐버린 고등학교 학생들을 위해서 심화과정에 편입할 수 있는 좋은 제도가 있었다.(2017년부터 다시 시행 예정이다.) 온라인 동영상 강의를 보고, 과제를 아주 성실하게, 좋은 점수를 받고 수행한다면 오프라인 면접 캠프를 갈 수 있는 기회가 주어졌다. 그 캠프에서도 잘 과제들을 해나간다면 최종적으로 KAIST IP영재기업인 교육원 4기 심화과정에 편입할 수 있었다. 함께 편입을 준비했던 몇 명의 친구들은 중간에 포기했었다. 온라인과제가 너무 어려웠기 때문이다. 고등학교 1학년 시절 과제 하나에 하루를 몽땅 투자했다. 과제는 약 50개 정도 되는 걸로 기억하는데 혜진 언니는 그 당시 나에게 과제를 하다가 토할 거 같다는 표현을 썼다. 인터넷에도 없는 최신 정보들을 찾고, 나만의 생각을 깃들어 과제를 작성했다. 과제는 미래기술, 기업가 정신, 기술융합, 창조인문학의 네 과목으로 분류되었고 다양한 분야를 공부할 수 있었다. 특히 창조인문학은 역사에 관한 것이었는데, 조선이 보빙사를 파견한 이유라든지, 조선이 선진문물을 수용하기 위한 노력을 묻는 등 역사 속에서 인문학을 배울 수 있었다. 우리나라의 역사도 배우고 그 안에서 인문학도 배웠으니 참 좋은 과제였다. 기업가 정신에서는 자신이 기획한 창업아이템을 5분 동안 짧은 시간 내에 임팩트 있게 소개하는 Rocket Pitch 동영상을 제작하는 등의 내용이었다. 그 과제를 통해 하나의 사업이 탄생했다. 친구들 앞에서 내 창업아이템 설명회도 열었다. 그것이 과제였기 때문이다.

교육원에서는 참 다양한 기회를 얻을 수 있었고 다양한 융합된 교육을 접할 수 있었다. 개인적으로 우리나라 수업이 이랬더라면 이미 우리나라에는 스티브 잡스와 같은 도전적인 창업가들이 넘쳐났을 거라고 생각한다. 교육원 친구들은 가지고 있는 마인드 자체가 다르다고 생각한다. 삶에 대한 열정도 가득히 있으며 자신에 대한 자신감이 넘쳐난다. 창업에 대해서도 참 긍적적이다. 어디에선가 들은 가슴 깊이 박힌 말이 있다. 삶을 바꾸는 세 가지 방법에 관한 것이다.

첫째, 하루를 완전히 다르게 살라.
둘째, 이사를 가라.
셋째, 지금 만나는 사람보다는 새로운 사람을 만나라는 것이다.

처음에는 잘 이해가 가지 않았다. 삶을 바꾸는데 웬 이사고 사람이란 말인가? 하지만 이 영재교육원에서 친구들을 만나보니 그 말이 깊이 이해가 되었다. 친구들은 지식도 풍부하고 매우 열정적이었다. 이들의 열정은 나도 많이 배우고 싶어지게 만들었다. 가지고 있던 스마트 폰도 교육원 여름캠프를 다녀오고 나서 교육원 친구들에게 자극받고 스스로 정지하였다. 삶에 대한 열정 같은 파워가 나에게 그대로 자극되어 전염이 된다. 이것은 나에게 그 어떤 것보다 매우 값졌다.

가장 크게 느끼고 달라진 건 '창업'에 대한 두려움이 사라졌다. 발명을 하며 CEO의 꿈은 막연하게 꾸고 있었지만, 교육원을 통해 구체적인 그 방향성을 찾을 수 있었다. 진정한 기업가정신도 배우며 꿈을 점점 현실화 시켜나갈 수 있었다.

또 하나 교육원의 좋았던 교육 방식은 심화과정이 되면 각 조를 짜서 자신이 원하는 프로젝트를 할 수 있다는 것이었다. 나는 뇌 속에서 정보를 전달하는 신경인 뉴런(neuron)과 마케팅을 결합한 뉴로마케팅에 대해서 연구하는 조에 들어갔다. 서브리미널 효과[15*]에 대한 소논문을 작성했다. 여러 가지 실험을 계획하였다. 이것도 매우 특별한 공부였다.

KAIST IP영재기업인 교육원은 현재 영재원의 최상위 교육원이라 생각한다. 그리고 알다시피 나는 중2 발명을 본격적으로 시작할 당시 영재발명학급 예비 1번, 꼴찌였다. 종종 선생님들에게 이런 말을 듣곤 한다.

15* 인간이 쉽게 인지할 수 없는 음향,영상 등을 삽입해 잠재의식에 영향을 미치는 기법.(시사상식사전, pmg 지식엔진연구소, 박문각)

"너 발명학급 꼴찌였던 거 기억하니? 그 꼴찌가 이만큼 성장했다니"

이 말을 듣고 과거를 회상해보면 놀랍다. 그 꼴찌가 정말 많이 성장했다고 생각이 든다. 인격적인 면에서도 많이 성장한 것 같고, 삶에 대한 방향도 많이 성장한 것 같다.

〈과제 예시〉

[미래기술 1차]

학문과 기술이 융합되려면, 학교에서 이를 잘 가르쳐 융합형 인재의 육성이 필요합니다. 그렇다고 혼자 수많은 학문과 기술을 다 배울 수가 없습니다. 어떻게 하면 융합형 인재가 되는지 그 방법론을 적어 보세요.

[기업가정신 10차: 자금조달 & 종합(Funding & Wrap-up)]

자신이 작성한 사업계획서를 투자자(가족이나 가까운 친지) 앞에서 발표하시오. (시간: 5분 내외 / 발표장면을 사진(동영상)으로 제작)

[인문학 6차]

보빙사를 파견한 이유와 미국에서의 활동을 정리해 보자.

[지식융합 3차]

1. 인터페이스의 의미는?
2. 유비쿼터스 컴퓨팅에 대해 설명하세요.
3. 만물의 인터넷이란 무엇인가요?

혜진 언니와 함께하는 대학생활

혜진 언니와 같은 대학교, 같은 학과를 다니게 되며 고등학교 시절 꿈꿔왔던 일들을 언니와 함께 이루어나가고 있다.

서강이 만드는 세상 : 대국민 발명프로젝트

첫째는 서강이 만드는 세상 프로젝트에 선정이 되어 진행한 〈대국민 발명프로젝트〉이다. 발명을 한 번도 접해보지 못한 사람들에게 "발명 아이디어를 생각해 보세요"라고 한다면 무척이나 어려워할 것이다. 그래서 우리는 고등학생 때 배운 RSp 교육모형을 접목 시키기로 했다. 고등학생 때 RSp발명카드의 주제가 랜턴, 주름 등이 있었는데, 좀 더 사람들한테 친숙하게 다가갈 수 있는 커플을 주제로 새롭게 만들었다.

RSp 교육 모형을 이용한 발명카드 제작

▲ 앞면

▲ 앞면

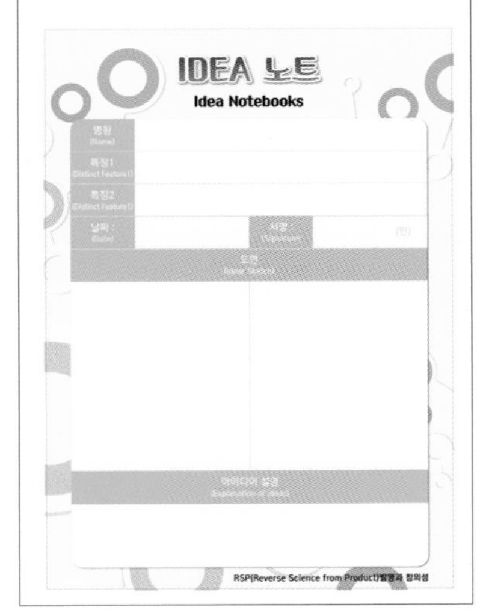

▲ 뒷면

▲ 시제품

2015-1학기 Stroytelling Workshop과목에서 개발 / 팀원: 문혜진,송혜린,정동연 지도교수: 김상용

RSp발명카드 안에는 커플용품에 관련된 다양한 발명품들이 숨어있다. 먼저 각 단어들을 보고 해당 단어의 커플용품을 생각해 보는 것이다. 그리고 단어를 뜯게 되면 실제 존재하는 커플용품이 나온다. 이러한 과정을 거치다 보면 자연스럽게 커플용품에 대한 발명아이디어가 떠오를 것이다. 나는 장갑이라는 단어를 보고 A형태의 커플용품이 있을 것이라 상상했는데, 단어를 뜯으니 B형태의 커플용품이 나왔다면 A형태의 커플용품이 자신의 아이디어가 되는 것이다. 그러면 뒷면을 돌려 자신만의 아이디어를 작성하면 된다. 이때 중요한 것은 자신이 생각한 아이디어가 이미 세상에 있는지 없는지가 중요한 것이 아니라 자신의 생각에서 나왔는지가 중요한 것이다. 처음부터 세상에 없는 발명을 하기란 쉽지 않지만 이러한 과정이 반복되다 보면 충분히 가능하리라 생각한다.

우리는 RSp발명카드를 가지고 하늘품 지역 아동센터 외 2곳에서 프로젝트를 진행했다. RSp발명카드에 대한 설명을 한 후 사람들이 자유롭게 아이디어를 창출할 수 있도록 했다. 이와 동시에 RSp발명카드 체험 전과 후 발명에 대한 인식 설문조사도 진행했다. 그 결과, 평소에는 발명에 대해 잘 모르겠다고 답했던 사람들도 RSp발명카드를 통해 발명에 대한 인식이 긍정적으로 바뀌었고, 체험을 한 모든 사람들이 1인 1개 이상의 아이디어를 창출하며 전에 비해 발명에 대해 쉽게 느껴졌다라고 답했다.

이처럼, 남녀노소 누구나 자신의 아이디어를 뽐내고 실현시킬 수 있다. 하지만 경험한 적이 없기 때문에 어려워할 뿐이다. 우리는 앞으로도 '창의성'이 남녀노소 누구나 가지고 있는 재능이라는 것을 알 수 있도록 대국민이 발명을 즐길 수 있는 환경을 만들어 나갈 것이다.

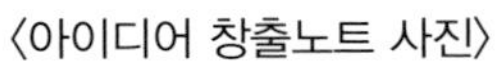

〈아이디어 창출노트 사진〉

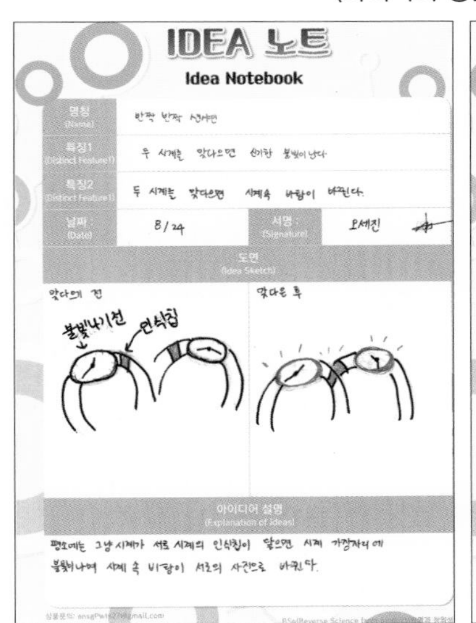

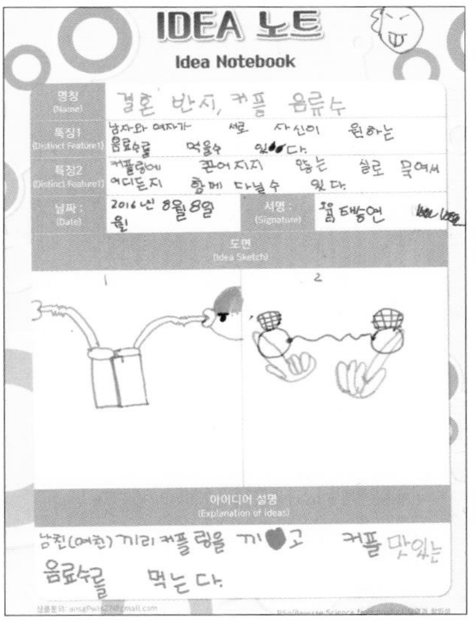

창업동아리 활동 :
진로 탐색 및 자기역량개발을 위한 특성화고등학교 방과후 프로그램

두 번째는, 서강대학교 창업동아리의 지원을 받아 '진로 탐색 및 자기역량개발을 위한 특성화고등학교 방과후 프로그램'을 만든 것이다.

특성화고등학교의 특성상 타 고등학교(인문계, 특목고 등)에 비해서 입시에 대한 정보들이 부족하다. 또한, 특성화고 안에서 대학을 가는 비율이 높지 않기에 선배들에 대한 정보도 턱없이 부족하고 특성화고 특별전형으로 뽑는 인원수 역시 매우 작다. 뿐만 아니라 외부 컨설팅 업체들의 경우 특성화고등학교의 환경과 본질을 잘 모르기 때문에 실질적인 도움을 받지 못하는 경우가 많다.

이러한 어려운 점을 우리들은 직접 경험했다. 그리고 이 어려운 환경을 뚫고 난 후 노하우가 생겼다. 그래서 이 노하우들을 특성화고 학생들을 위한 특성화고 전용 방과 후 프로그램으로 발전시켰다. 어떻게 진로를 찾아야 하고, 어떻게 학과와 취업처를 선택해야 하는지, 그리고 타 고등학교와는 다른 교육과정 속 우리들만의 차별성을 어떻게 자기소개서에 어필할 수 있는지 등의 교육과정이 단계별로 형성되어있는 프로그램이다.

첫 방과 후 프로그램은 우리들의 모교인 미래산업과학고에서 시행되었다(2016년 2기 방과 후). 방과 후 프로그램에 대한 만족도는 매우 높았다. 처음에는 어떤 학과와 어떤 취업처를 선택해야 할지 몰랐던 학생들도 1대1 멘토링을 통해 자신만의 이야기를 꺼내며 진로를 찾아갈 수 있었다. 수업이 진행될수록 각자가 소유한 특징들로 자신들만의 스토리를 찾아가며 학생들은 모두 자기소개서를 완성할 수 있었다.

특성화고 졸업생으로 특성화고 학생들을 돕는다는 것은 굉장히 뿌듯한 일이었다.

그리고 "나의 후배들은 나와 같은 어려움을 겪지 않게 하겠다."라는 꿈을 이룬 순간이었다.

〈수업모습〉

Chapter 03

발명을 통해 꿈을 꾸는 우리의 입시 이야기

그건 할 수 없어라는 말을 들을 때마다 나는 성공이 가까웠음을 안다.

Whenever I hear, 'It can't be done,' I know I'm close to success.

— *Michael Flatley*

Q1

대학 선택과 학과 선택은 어떻게 하셨나요?

우리가 선택한 대학 / 학과전형

혜진

- 서강대학교 / Art&Technology / 알바트로스특기자전형 : 최종합격
- 숭실대학교 / 벤처중소기업학과 / SSU미래인재학생부종합전형 : 최종합격
- 경희대학교 / 산업경영공학과 / 네오르네상스전형(학생부종합) : 1차 합격
- 서울과학기술대학교 / 글로벌융합산업공학과 / 특성화고특별전형 : 최종합격
- 건국대학교 / 산업공학과 / KU고른기회전형(유형4특성화고교출신자) : 최종합격

IP CEO의 꿈을 펼칠 수 있다고 생각한 학과를 중심으로 대학을 선택했다. 또한 특기자 / 학생부종합 / 특별전형 세 전형에 도전했다.

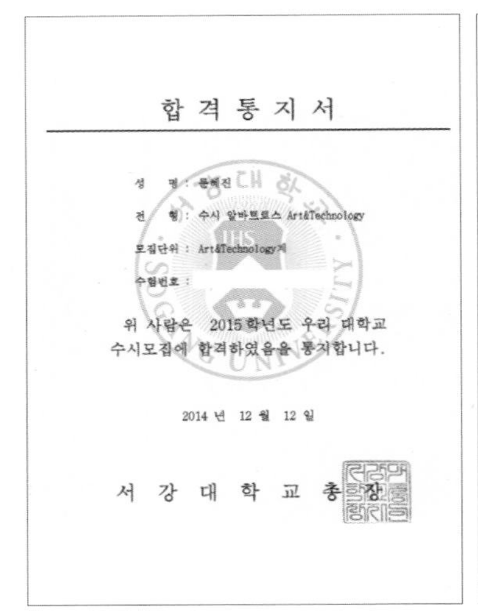

합 격 통 지 서

성 명 : 문혜진
전 형 : 수시 알바트로스 Art&Technology
모집단위 : Art&Technology계
수험번호 :

위 사람은 2015학년도 우리 대학교 수시모집에 합격하였음을 통지합니다.

2014 년 12 월 12 일

서 강 대 학 교 총 장

▲ 서강대합격증

합격통지서

(회조)

수험번호		성 명	문혜진
소속대학	경영대학	모집단위	벤처중소기업학과

위 사람은 2015학년도 본 대학교 SSU미래인재전형 선발시험에 합격하였음을 통지 합니다.

2014. 11 .04

숭실대학교 총장

▲ 숭실대합격증

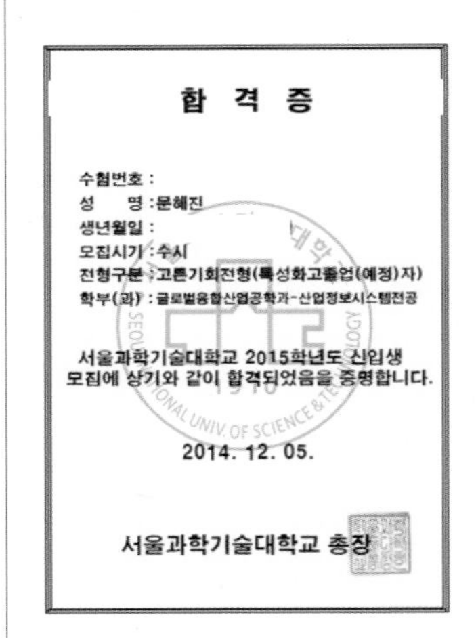

합 격 증

수험번호 :
성 명 : 문혜진
생년월일 :
모집시기 : 수시
전형구분 : 고른기회전형(특성화고졸업(예정)자)
학부(과) : 글로벌융합산업공학과-산업정보시스템전공

서울과학기술대학교 2015학년도 신입생 모집에 상기와 같이 합격되었음을 증명합니다.

2014. 12. 05.

서울과학기술대학교 총장

▲ 서울과학기술대합격증

합격통지서

모집단위 산업공학과
성명 문혜진
수험번호

위 사람은 2015학년도 본 대학교에 합격하였음을 통지함.

2014 년 12 월 05 일

▲ 건국대합격증

혜린

- 서강대학교 / Art&Technology /알바트로스특기자전형 : 최종합격
- 서강대학교 / Art&Technology /자기주도전형(학생부종합) : 최종합격
- 건국대학교 / 산업공학과 / KU고른기회전형(유형4특성화고교출신자) : 1차 합격
- 서울과학기술대학교 / 글로벌융합산업공학과 / 특성화고특별전형 : 1차합격

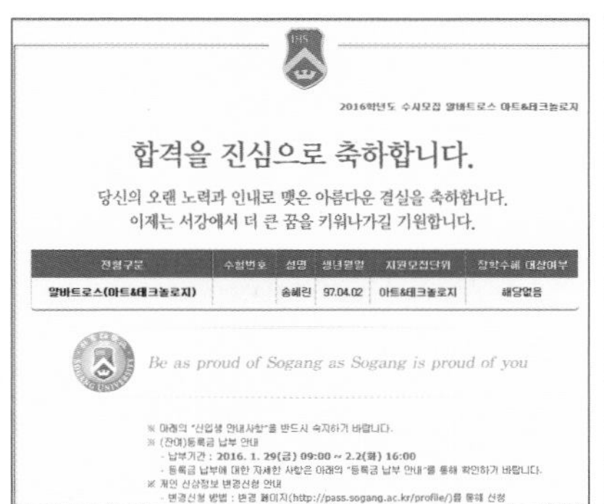

2016학년도 수시모집 알바트로스 아트&테크놀로지

합격을 진심으로 축하합니다.

당신의 오랜 노력과 인내로 맺은 아름다운 결실을 축하합니다.
이제는 서강에서 더 큰 꿈을 키워나가길 기원합니다.

전형구분	수험번호	성명	생년월일	지원모집단위	장학수혜 대상여부
알바트로스(아트&테크놀로지)		송혜린	97.04.02	아트&테크놀로지	해당없음

Be as proud of Sogang as Sogang is proud of you

※ 아래의 "신입생 안내사항"을 반드시 숙지하기 바랍니다.
※ (잔여)등록금 납부 안내
- 납부기간 : 2016. 1. 29(금) 09:00 ~ 2.2(화) 16:00
- 등록금 납부에 대한 자세한 사항은 아래의 "등록금 납부 안내"를 통해 확인하기 바랍니다.
※ 개인 신상정보 변경신청 안내
- 변경신청 방법 : 변경 페이지(http://pass.sogang.ac.kr/profile/)를 통해 신청

▲ 서강대합격증(알바트로스특기자)

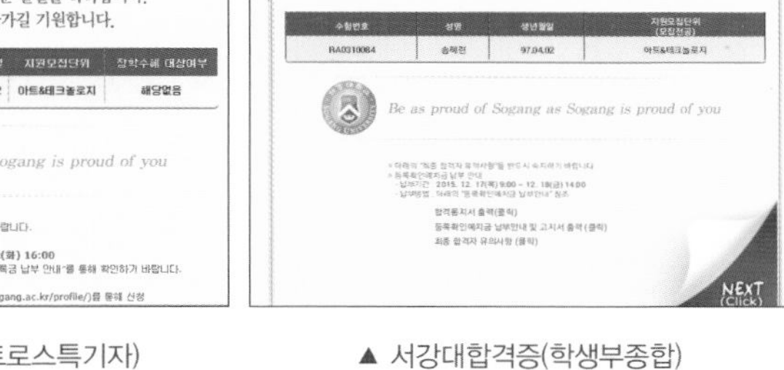

합격을 진심으로 축하합니다.

당신의 오랜 노력과 인내로 맺은 아름다운 결실을 축하합니다.
이제는 서강에서 더 큰 꿈을 키워나가길 기원합니다.

수험번호	성명	생년월일	지원모집단위 (모집전공)
RA0310084	송혜린	97.04.02	아트&테크놀로지

Be as proud of Sogang as Sogang is proud of you

▲ 서강대합격증(학생부종합)

고등학교 재학 시절부터 많은 발명활동을 함께 해오며 서로에게 의지하고 많은 조언을 주고받았다. 그래서 우리들의 관심분야는 닮아 갔고, 우리가 쓴 대학과 학과 역시 많이 닮아있다.

우리들은 발명, 특허, 경영을 계속 이어갈 수 있는 학과를 중심으로 선택했다. 산업공학과는 기본적으로 공학+경영을 배울 수 있는 곳이고 다른 학과들도 대체적으로 경영을 배우고 기술도 배우는 학과를

선택하였다. 특히, 우리가 함께 재학 중인 Art&Technology 학과의 인재상은 '감성이 깃든 창의성', '자기주도학습과 협업능력', '열정'으로 발명교육을 통해 변화된 우리들의 모습과 많이 닮아있다.

자기소개서가 궁금해요!

혜진이의 서강대 합격 자기소개서

서강대학교 / Art&Technology /알바트로스특기자전형

1. 고등학교 재학 기간 중 학업에 기울인 노력과 학습 경험에 대해, 배우고 느낀 점을 중심으로 기술해 주시기 바랍니다(1,000자 이내).

저에게 발명은 부모님과 같습니다. 고등학교 입학 후 발명·특허를 배우며 발명은 부모님이 자식을 옳은 길로 인도하는 것처럼 저를 도와주었습니다.

첫째, '일의 우선순위를 결정하여 해결하는 법'을 알게 해주었습니다. 처음에는 발명을 하는 것만으로 행복했습니다. 하지만 발명을 하다 보니 특허출원을 하고 싶은 욕심이 생기고, 다양한 활동을 경험하고 싶어졌습니다. 이렇게 욕심을 내다보니 해야 하는 일은 쌓여만 갔습니다. 결국, 나중에는 어느 것을 먼저 해야 하는지, 학업은 언제 신경을 써야 하는지 고민이 생겼습니다. 시작한 일에 대해서는 책임을 지고 싶었기에 중간에 멈추는 것을 원하지 않았습니다. 그래서 우선순위를 정해 차근차근 해결하기로 했습니다. 그러던 중 가치 있는 발명을 하기 위해서는 그만큼의 학업능력이 바탕이 되어야 한다는 사실을 깨달았습니다. 그 후 학업을 1순위로 정하고 차근차근 과제를 해결했습니다. 수행평가는 당일 마무리를 원칙으로 절대 학업을 뒤로 미루지 않았습니다. 발명활동을 하느라 공부할 시간이 부족할 때면 잠을 줄이며 공부했습니다. 이렇게 우선순위를 결정하여 문제를 해결하니 전 학년 우등상을 받을 수 있었습니다. 또한, 또 다른 어려움이 생겨도 효율적으로 처리하는 방법을 깨달아 과제처리 능률이 오르게 되었습니다.

둘째, '다양한 학문'을 사귈 수 있도록 해주었습니다. 발명을 구체화하기 위해서는 폭넓은 지식을 알아야 했습니다. 예를 들어 교내발명대회 대상을 수상한 '높이조절 싱크대'를 발명하기까지는 기계원리 래크와 피니언 등의 생소한 내용을 알아야 했습니다. 이처럼 몰랐던 내용은 관련 서적을 찾아보고 선생님을 찾아가 꼬리잡기 질문을 하며 원리를 이해하려 노력했습니다. 반대로 이미 알고 있는 내용은 심화된 내용을 학습할 수 있었습니다. 또한, 발명을 통해 교과내용을 미리 경험하는 경우도 있었습니다. 이 때문에 미리 경험한 내용을 실제로 공부해야 할 시기가 왔을 때 호기심을 갖고 공부할 수 있었습니다. 또한, 관심이 부족했던 학문까지 폭넓게 배울 수 있었습니다. 발명을 통해 모든 학문이 연결되어있다는 것을 느꼈고, 차별 없이 공부할 수 있게 되었습니다.

• 키워드: 학업능력 어필
• 키워드: 융합형인재
[서강대학교 Art&Technology 학과와의 인재상 연결]

2. 고등학교 재학 기간 중 본인이 의미를 두고 노력했던 교내 활동을 배우고 느낀 점을 중심으로 3개 이내로 기술해 주시기 바랍니다. 단, 교외 활동 중 학교장의 허락을 받고 참여한 활동은 포함됩니다(1,500자 이내).

··· 1. 교내 기업과 함께하는 직무발명프로젝트

"어렸을 적 레고 블록을 가지고 장난감을 만들었던 기억이 있으신가요?" Neobot은 레고 블록으로 로봇을 만들고, 그 후에 직접 프로그래밍 하여 전자에 흥미를 느낄 수 있도록 하는 교육 로봇의 이름입니다. 기존 Neobot에는 프로그래밍 제어 시, 책과 같은 부수적인 물품을 소지해야 하는 문제점이 있었습니다. 위와 같은 문제를 어플의 명령에 따라 동작이 수행되도록 컨트롤러를 구비하여 해결하였습니다. 이후 특허출원을 했고 해당 특허를 기업에 기술이전 시켰습니다.

기술이전을 통해 열정이 가지는 위대함을 경험했습니다. 열정이 없었다면 기술이전을 하지 못했을 것입니다. 문제점을 개선하는 과정 속 몇 번이고 새로운 개선방법을 찾아야 했습니다. 때문에 지쳐갔지만, 열정으로 다시 힘을 낼 수 있었습니다. 그리고 끝까지 포기하지 않았다는 사실에 뿌듯했습니다. 더욱 뜻깊은 것은 기술 이전비 전액을 저소득층 아이들의 발명교육을 위해 기부한 것입니다. 앞으로 더욱 가치 있는 기술을 발명하여 국가산업발전에 기여하고 싶습니다.

… 2. 기술은 예술이다.

저의 꿈은 기술기반의 창의적인 CEO가 되는 것입니다. 이에 Art&Technology과는 저에게 최적화된 환경이라 생각했습니다. 기술과 예술을 융합하여 감성이 깃든 창의성 능력을 키울 수 있는 A&T과는 충분한 매력으로 다가왔고, 꿈을 이룰 수 있는 발판이 되어줄 것이라는 확신을 가지게 했습니다. 그러던 중 진로 독서활동시간 김용근 원장님의 『기술은 예술이다』라는 책을 읽게 되었습니다. 원장님은 창조형 경제발전 패러다임으로의 전환을 기술과 예술의 융합의 관점에서 보여주었습니다. 이후 스티브 잡스가 왜 융합의 아이콘이 되었는지 깨닫게 되었습니다. 기존에 있던 기술을 융합하고 필요하지 않은 기능을 배제함으로 자연스러운 디자인을 선보이며 융합의 대표적 인물이 된 것 같습니다. 특히, 아이폰의 외형뿐 아니라 어플 모양, 내부부품 등 모두 황금비율을 적용했다는 점이 놀라웠습니다. 진로시간 독서활동을 하며 융합형 인재가 될 방법과 융합에 대해 진지하게 고민할 수 있는 기회가 되었습니다. 앞으로 A&T학과에 입학하여 시대의 흐름을 주도하는 융합형 인재가 될 것입니다.

… 3. 긍정에너지의 힘

저는 경영자가 가져야 할 덕목을 갖추기 위해 본교 발명교실 수료식의 책임을 맡아 진행했습니다. 친구들의 의견을 통합한 결과 기존의 딱딱한 수료식과는 다르게 웃으며 마무리할 수 있는 수료식을 만들기로 계획했습니다. 난타, 댄스동아리를 섭외해 친구들의 재능을 발휘할 수 있도록 준비했습니다. 또한, 선생님의 양해를 구해 연습실 사용을 허락받아 동아리 친구들이 더욱 적극적으로 준비할 수 있도록 도왔습니다. 수료식 책임을 맡으며 경영자에게 '긍정에너지'는 필수 덕목이라고 생각하게 되었습니다. 먼저 적극적으로 친구들의 의견을 묻고, 더 좋은 환경을 제공하기 위해 노력했습니다. 그 후 이러한 긍정에너지는 점점 널리 모든 친구들에게 퍼져갔습니다. 덕분에 모두가 즐기며 준비할 수 있었고, 성공적으로 수료식을 마무리할 수 있었습니다.

- 키워드: CEO
  [기술기반의 CEO가 꿈이다 》 실제 노력 》 구체적 결과]
- 키워드: CEO
  [CEO가 되기 위한 노력을 책으로 연결과 학과와의 적합성: Art&Technology / 책이름: 『기술은 예술이다』]
- 키워드: CEO의 조건 '긍정에너지'

3. 학교생활 중 배려, 나눔, 협력, 갈등 관리 등을 실천한 사례를 들고, 그 과정을 통해 배우고 느낀 점을 기술해 주시기 바랍니다(1,000자 이내).

··· **1. 배려 나눔을 실천한 재능기부 봉사활동**

친구들과 'Glocal Bridge' 인재양성협회 봉사단체를 만들고, 회장을 맡아 매주 저소득층 아이들에게 발명품으로부터 배우는 과학적 원리를 수업했습니다. 첫 시간 척력과 인력에 대해 설명해주고, 자기부상 볼펜 팽이를 만들었습니다. 자석 사이에서 돌아가는 팽이를 보며 아이들은 신기해하였습니다. 그로부터 얼마 후 저에게 수업을 듣는 한 아이의 이야기를 들을 수 있었습니다. 그 아이는 처음 만났을 때 이름을 물어도 대답해주지 않을 정도로 소극적이었습니다. 그런데 그 아이가 학교 과학 시간에 인력과 척력을 공부했는데, 이미 자기부상 볼펜 팽이를 만들며 배운 내용이어서 선생님의 질문에 손을 들고 대답했다는 것이었습니다. 이 말을 듣고 말로 표현하기 어려운 감동을 받았습니다. 저의 재능이 다른 사람에게 도움된다는 사실에 뿌듯했고, 즐거움을 느낄 수 있었습니다. 또한, 나눔이란 결코 물질적인 것이 아니라는 말을 이해하게 되었습니다.

… 2. 갈등은 3점 축구와 함께 사라지다.

1학년 때의 일입니다. 체육 자유시간만 주어지면 갈등이 생겼습니다. 남자들은 축구를 원했고, 여자들은 배드민턴을 원했습니다. 학기 초에는 항상 따로 시간을 보냈습니다. 그 후 부회장으로 선정되어 남자 회장과 함께 아침조회시간을 이용하여 함께 운동할 수 있는 방법을 토론하였습니다. 그 결과 여자들이 골을 넣으면 3점을, 한 달에 한 번은 여자들이 원하는 운동을 하게 되었습니다. 함께 운동하는 것을 망설였던 이유는 여자들이 같이하면 방해가 된다며 남자들이 싫어할 것이라는 오해 때문입니다. 하지만 남자들은 여자들이 적극적으로 골을 넣어 역전도 되어 더욱 긴장되는 경기가 되었다고 말해주었습니다.

함께 운동할 수 있는 방법을 찾으며 사람들의 생각을 모으는 합심이 중요하다는 것을 깨달았습니다. 서로간의 대화는 이해를 돕지만 대화를 하지 않으면 오해가 되는 것 같습니다. 또한, 적극적인 태도는 서로를 하나로 만들어주는 원동력이 되는 것 같습니다.

- 키워드: 베푸는 사람
  [기본적인 인재상]
- 키워드: 리더십
  [입시의 흐름:교내 활동 중심/ 여자와 축구라는 재미있는 키워드를 통해 시선이끔.]

4. 아래 주제를 선택하여 자유롭게 기술하시오(1.000자 이내).

☑ 지원자의 환경(가정, 학교, 국가 등)적 특성이 지원자의 삶에 미친 영향
☐ 최근 3년간 지원자의 개인적 관심 또는 역량계발에 대한 경험적 사례
☐ 기타(자유롭게 주제를 정하여 기술)

발명·특허 특성화고등학교라는 이름은 저를 강하게 만들었습니다. 첫째, 신설학과(발명특허과)라는 사람들의 걱정과 우려로 많이 힘들었습니다. 입학 전 주변에서는 왜 위험을 찾아 가냐며 걱정하였습니다. 하지만 눈앞에 보이는 사실과 주변의 시선들 때문에 원하는 공부를 포기 할 수는 없었습니다. 또한, 열심히 하면 신설학과인 것은 문제가 되지 않고 오히려 저만의 경쟁력이 될 것이라 생각했습니다. 결국 주변의 반대와 걱정에도 불구하고 발명특허과에 입학했습니다. 입학 후 제 49회 발명의 날 기념식에서 당회 최연소로 정부포상을 받았으며 발명·

특허분야에 경쟁력을 인정받게 되었습니다. 입학 전 눈앞에 보이는 사실만 좇았더라면 해내지 못할 결과였습니다. 현재 저는 폭넓은 세상을 볼 수 있게 되었고, 생각하는 그릇의 크기를 키울 수 있었습니다.

둘째, 특성화고등학교라는 편견입니다. 기술기반의 창의적인 기업가를 꿈꾸고 있던 중 차세대영재기업인 교육을 알게 되었습니다. 시대의 흐름과 창업에 대해 교육을 받을 수있다고 해 편입을 지원했습니다. 스스로 공부하고 싶어 시작했지만, 융합형 인재가 되는 방법론을 생각하라는 등 생소한 과제를 한 1년간의 편입준비는 매우 힘들었습니다. 무엇보다 사람들의 편견이 있었습니다. 특성화고 학생이 어떻게 많은 특목고 학생들 사이에서 같이 공부하겠냐는 것이었습니다. 하지만 편견 속에서도 당당히 편입에 합격했고, 수석으로 심화과정을 수료할 수 있었습니다. 2년간의 교육을 받으며 실제 사업계획서도 작성해보고, 모델링도 해보며 꿈을 위해 노력하는 것이 얼마나 가슴 뛰는 일인지 느꼈습니다. 하지만 그 무엇보다 가장 성장할 수 있었던 것은 편견을 이길 수 있는 힘을 가지게 된 것입니다.

사실 서강대학교를 지원할 때도 주변의 편견이 있었습니다. 하지만 저는 편견을 이길 수 있는 힘을 가지고 있기 때문에 다시 한 번 편견을 이겨낼 것입니다. 앞으로 새로운 분야를 개척하여 커다란 흰 날개를 펼치며 하늘로 비상할 것입니다. 반드시 서강대학교와 함께할 것입니다!

• 키워드: 발명왕
[최연소 정부포상을 받은 것을 근거]
• 키워드: 신설학과라는 공통점
[Art&Technology학과와 발명특허과의 신설학과라는 공통점 연결]

혜린이의 서강대 합격 자기소개서

서강대학교 / Art&Technology /알바트로스특기자전형

1. 고등학교 재학 기간 중 학업에 기울인 노력과 학습 경험에 대해, 배우고 느낀 점을 중심으로 기술하기 바랍니다.

발명·특허 특성화고로의 진학은 '무모한 도전'이었습니다. 모두들 인문계로 진학하여 공부만 열심히 하라고 하셨습니다. 하지만 전 창의성 교육과 발명이 좋았기 때문에 진학을 결정하였습니다. 그때부터 모든 고교 생활은 무모한 도전의 연속이었습니다.

첫째, 입학부터 도전이었습니다. 고1, 기술 기반의 창의적인 기업가를 양성하는 KAIST 차세대 영재기업인 교육원을 알게 되었고, 반드시 교육을 받고 싶어 편입을 지원했습니다. 전국에서 이뤄지는 편입은 엄청난 경쟁률을 뚫어야 했습니다. 더불어 최신 기술과 창의력을 요구하는 수준 높은 과제를 해결해야 했습니다. 교육원엔 특목고 학생들이 수두룩했지만, 특성화고 학생도 가능하다는 것을 증명하고 싶었습니다. 1년간 과제를 전부 A를 받고 합격하였습니다. 도전하고 혹독하

게 노력하면 무엇이든 가능하다는 것을 깨달았습니다. 2년간 융합교육을 통해 다양한 경험을 하며 우수하게 수료하였습니다. 생각이 현실이 되는 교육은 2년간 제 가슴을 뛰게 해주었습니다.

둘째, 영어시험에 대한 도전입니다. 우리 학교는 3개 학과로 한 학과당 70명 남짓이라, 학과 안에서 주어진 1등급의 명예는 3명뿐이었습니다. 영어 점수는 항상 제자리였습니다. 변수는 듣기 시험이었습니다. 기회는 한 번뿐 이었고, 왜인지 1.5배속으로 들린다는 친구들이 많을 만큼 속도가 빨랐습니다. 듣기보다 읽기가 먼저 되어야 한다고 생각했습니다. 강세, 연음법칙 등 영어의 발음 법칙을 공부하고 유사 단어의 발음 차이를 구별하였습니다. 후 1.7배속으로 설정해 매일 듣고 받아쓰기를 진행하며, 잘못된 발음과 모르는 단어를 정리했습니다. 심화된 공부를 위해 TED와 같은 명사들의 연설을 들으며 한계를 뛰어넘는 공부에 도전했습니다. 그 결과 3학년 1학기 2번의 영어시험에서 단독 만점을 받을 수 있었습니다. 단지 듣기만 했더라면 좋은 결과를 얻지 못했으리라 생각합니다. 문제를 분석하고 원인을 찾는 것이 중요하다는 것과 기본을 다지고 차차 실력을 쌓는 것이 참된 도리라는 것을 배웠습니다.

• 키워드: CEO
[기술기반의 CEO의 꿈 〉 노력 〉 구체적 결과]
• 키워드: 영어 학업능력 강조
[대부분이 영어강의인 Art&Technology 학과, 영어 능력 및 학업능력 강조 〉 노력〉 구체적 결과〉 느낀 점]

2. 고등학교 재학 기간 중 본인이 의미를 두고 노력했던 교내 활동을 배우고 느낀 점을 중심으로 3개 이내로 기술하기 바랍니다. 단, 교외 활동 중 학교장의 허락을 받고 참여한 활동은 포함됩니다.

··· 세/바/아 토크 콘서트

서울시에서 주최하는 〈도시농업, 적정기술과 만나다〉 축제의 1시간은 저에게 달려있었습니다. 3,000여 명 앞에서 토크 콘서트의 처음부터 끝까지 기획과 진행을 하였습니다. 도시농업을 활성화하는 취지로 많은 사람들의 기대 속에 열리는 축제였기 때문에 부담감이 컸습니다. 막막하고 차라리 그만두고 싶었지만 믿어주신 분들과, 맡은 일이었고, 쌓아온 역량을 발휘할 좋은 기회였기 때문에 그만둘 수 없었습니다. 마음을 고쳐잡고 생소했던 도시농업을 공부하였습니다. 기획하며 중점으로 둔 것은 '소통'입니다. 청중의 생각을 듣는 코너와 인터뷰를 많이 준비하였고, 청중이 참여할 수 있는 창의력 퀴즈를 준비해 총 4부로 구성하였습니다. 자신감이 생겨 갈수록 설레는 기분만 들었습니다. 토크 콘서트는 성황리에 끝났습니다. 고교 시절 마지막으로 자신을 한계를 넘었다, 자신을 이겼다는 생각에 가슴이 벅찼습니다. 청중들의 박수에 눈물이 나올 것 같았습니다. 두려워 도망치지 않았으며 기회를 놓치지 않은 자신이 자랑스러웠고, 기획의 매력에 빠지게 되었습니다.

··· STEAM, 융합의 딸

"엄마는 네가 더 넓은 세상을 경험했으면 좋겠어."

하고 싶은 발명 공부를 하기 위해 결정했지만, 특성화고를 오며 사실 조금은 불안했던 저에게 어머니는 힘을 주셨습니다. 본교 MIST 발명특허 영재원의 STEAM by RSp라는 교육방침 아래 3년간 공부했습니다. 제품에서 출발하여 과학 원리를 배우며 과학, 기술, 공학, 예술, 수학을 아우르는 융합교육을 받았습니다. 다양한 학문을 접하며 자신이 잘하는 것이 무엇인지 알게 되었습니다. 작동원리는 복잡하지만 하는 일은 단순한 기계인 골드버그 장치는 STEAM 융합교육의 마무리였습니다. '망치로 못을 박아라'를 수행하는 장치를 만드는 것이었습니다. 조장을 맡은 전 스토리가 있는 장치를 만들고 싶어 '인생'을 생각하였습니다. 처음 노트북의 화면에서 남녀가 만나 아기를 낳고, 쇠공이 굴러가며 인생이 시작됩니다. 여러 장치의 과정을 지나 자동차 사고로 자동차가 못을 관에 박으며 끝납니다. 골드버그 안 스토리텔링으로 극찬을 받고 훗날 골드버그 수업의 본보기가 되었습니다. 다양한 학문을 통한 융합교육은 다양한 사고, 넓은 시야를 갖게 해주었습니다. 또한, 숨어있던 잠재력도 찾는 교육이라고 생각합니다.

… 발명 슬럼프

"대기만성이라고 했다." 노력한 만큼 성과가 좋지 않아 우울해하는 저에게 선생님께서 하신 말씀입니다. 입학후 1년간 발명 슬럼프에 빠졌습니다. 많은 발명대회에 아이디어를 냈지만 돌아오는 건 탈락이었습니다. 끝까지 해보자, 하여 사고를 줄이는 아이디어를 생각했습니다. 스프링으로 제설을 간편하게 하여 비닐하우스 붕괴를 막는 아이디어였고, 처음으로 좋은 결과를 거두었습니다. 그동안의 문제점은 2가지였습니다. 오직 나만 필요로 하는 발명이었고, 현실 가능성을 제대로 고려하지 않았습니다. 깊은 조사 없이 나의 생각에 자부심만을 갖고 인정해주기를 바랐습니다. 단지 성과뿐 아니라 그 과정 또한 성장해야 한다는 것을 깨달았습니다.

- 키워드: 기획능력
  [기술기반의 CEO의 꿈 〉 노력 〉 구체적 결과]
- 키워드: 융합적 능력
  [융합적인 교육(골드버그장치)를 통해서 얻은 결과, 느낀 점, 스토리텔링 능력]
- 키워드: 발명능력
  [포기하지 않는 끈기 강조, 그동안 해왔던 발명교육의 최종적인 느낀 점 작성]

3. 학교생활 중 배려, 나눔, 협력, 갈등 관리 등을 실천한 사례를 들고, 그 과정을 통해 배우고 느낀 점을 기술하기 바랍니다.

… **공감의 힘**

Glocal Bridge 인재 양성 협회는 발명으로 뭉쳐진 동아리입니다. 매주 저소득층 아이들을 위해 학교에서 배운 아이디어 창출법, 특허 지식을 바탕으로 초, 중학생 대상의 수업을 하는 창의 재능기부 봉사활동을 합니다. 처음 아이들은 저희에게 심한 장난을 치며 살짝 거리를 두는 느낌을 받았습니다. 전 Glocal협회의 회장을 맡고 있어, 무거운 책임감을 느꼈습니다. 아이들에게 '봉사'의 느낌을 주고 싶지 않았습니다. 봉사는 '불우한 이웃을 돕는다.'라는 느낌이라, 아이들에게 자신이 불우하다는 생각을 들게 하고 싶지 않았습니다. 우리의 진심을 보여줄 수 있는 계기를 만들고 싶었습니다. 그래서 전 '예쁜 소리 음악회'를 개최했습니다. 아이들은 합창, 연주를 준비해왔습니다. 저 또한 사회를 보며 연습한 춤을 선보였습니다. 단지 일방적인 자선이 아닌 모두가 공감하며 하나가 되는 축제를 만들었습니다. 이후 아이들과 저희들은 가까워졌습니다. 무겁던 책임감을 슬기롭게 해결한 자신이 자랑스러웠습니다.

··· 리더의 책임

문제가 하나 더 있었습니다. 봉사는 하교 후에 이루어졌고, 복지관까지 30분 정도를 걸어가야 했습니다. 후배들이 봉사에 빠지고, 시간에 늦는 일이 점점 발생했습니다. 결국엔 1명이 5명을 가르치는 일이 발생하였습니다. 복지관 아이들을 볼 면목이 없었습니다. 저의 태도에 문제가 있었습니다. 리더로서 결단력이 부족하였고, 문제가 심각해질 때까지 조치를 취하지 않았습니다. 해이한 봉사 규칙을 바꾸었습니다. 한 학생 당, 한 선생님, 1인 1멘토를 정확히 정했습니다. 봉사 시작 전 봉사 계획표를 짜게 했으며 빠지게 되면 1주일 전에, 다른 선생님에게 자신의 학생을 맡기는 형식으로 진행하였습니다. 지키지 않는다면 앞으로 봉사는 힘들 것이라고 단언하였습니다. 이후의 봉사는 체계적으로 진행되었습니다. Glocal 학생들의 의견을 수용만 하며 화목한 분위기만 조성하려 했던 것을 뉘우쳤습니다. 결단력과 부드러운 카리스마가 조화를 이루어야 한다는 것을 배웠습니다.

• 키워드: 인성(봉사)
• 키워드: 리더십

4. 지원전공을 선택한 이유와 대학 입학 후 학업 또는 진로계획에 대해 기술하기 바랍니다.

저에겐 같은 길을 걷는 인생의 동반자가 있습니다. 그분은 고등학교 1년 선배로, A&T을 알게 된 건 선배 덕분입니다. 선배와 저는 발명을 통한 융합교육으로 함께 성장하며 오래 울고 웃었습니다. 저보다 한 발 앞에 서서 항상 많은 것을 보여주고 들려주려 합니다. 선배의 A&T 입학 후, A&T에 관한 많은 이야기를 들으며 A&T는 제 마음속에 깊숙이 꽂혔습니다. 특히 인문학과 창의성 과목의 마이너리티 인터뷰, 자신의 잃어버린 기억 찾기와 크리에이티브 컴퓨팅 과목의 공공데이터를 이용한 앱 개발이 과제라는 것을 알았을 땐 새로운 혁신으로 다가왔고, 그런 창의력을 펼치는 교육을 받는다는 것이 부러웠습니다. 멘토링 데이, ATC, 신영균 해외탐방 등 A&T만의 프로그램 또한 자신의 잠재력을 찾고, 무한히 발전시킬 수 있는, 꿈을 펼치기 위한 기막힌 무대라는 생각이 들었습니다.

전 배우고 싶고, 하고 싶은 것이 너무나 많습니다. A&T에서 다양한 학문을 통해 하고 싶은 공부를 마음껏 하고, 끊임없이 자기 성찰을 하며 뚜렷한 진로를 찾을 수 있을 것이라는 확신이 들었습니다. 지난 5년간 발명, 융합교육을 받아온 제가 느낀 '융합'이란, 무엇과 무엇을 융합해 무엇을 하겠다가 아니었습니다. 융합교육을 받아오면서 가장 크게 변화한 것은 학문의 경계에 상관없이 '자유자재로 사고' 할 수 있다는 것이었습니다. 그러한 사고를 통해 획기적인 '무엇'을 만들어내, 세상을 바꿀 수 있는 사람이 되는 것이 저의 최종 꿈입니다. A&T는 그 사고의 범위를 무한히 확장시켜줄 것이라고 굳게 믿어 의심치 않습니다. 또한, A&T에 입학해 발명동아리를 만들고 싶습니다. 선배와 저는 발명과 융합교육으로 다져졌기 때문에, A&T 안에서 발명, 창업활동을 함께 이어간다면 최고의 시너지효과가 나타날 것입니다. 제 고교 시절 3년은 끊임없이 두뇌 회전을 하며 발명하고, 다양한 학문을 통한 융합적인 활동으로 '쉼 없이 달려온 준비운동'에 불과합니다. 이제 A&T에서 꿈을 향한 기나긴 마라톤을 시작하고 싶습니다.

이 외 합격자기소개서는 맨 뒷 페이지 부록에 첨부되어있습니다.

자기소개서 작성 Tip이 있나요?

혜진이가 알려주는 대학 합격을 위한 16가지 Tip

우리가 많은 대학에 합격할 수 있었던 이유를 한마디로 정리하자면 발명을 통해 배우고 느낀 점을 진솔하게 우리들만의 언어로 표현했기 때문이라 생각한다.

우리가 어떻게 발명을 통해 배우고 느낀 점을 중심으로 자기소개서를 썼는지, 자기소개서를 쓸 때 중요한 것은 무엇인지 이번 자기소개서 Tip을 통해 모든 것을 이야기해보려 한다.

1. 자신을 과시하려 하지 말자.

기술이전, 발명 장학생, 중국 및 일본연수, KAIST IP영재기업인 교육원, 특허출원, 발명대회 다수 수상 등등 자랑하고 싶은 이야기는 너무나 많았다. 우리들의 활동 양으로 보자면 그 누구한테도 뒤지지 않을 만큼 많았고 화려했다. 하지만 많은 활동을 했다고 해도 심사위원 입장에서는 흘려지나 가는 단어에 불과하다고 생각했다. 그래서 우리는 그동안 했던 활동을 나열하지 않고 하나를 이야기하더라도 정확히 기억에 남게 자기소개서를 작성하는 것에 집중했다. 그래서 우리들의 자기소개서를 읽어보면 문항당 하나의 활동만 쓰여 있고, 결과적인 내용보다는 그 활동에서 배우고 느낀 점이 자세히 기술되어있다.

2. 입시의 흐름을 파악하라

'혜진이의 합격 자기소개서' 중 서강대학교 문항 3번을 참고하면 축구 이야기가 쓰여 있다. 이것은 다른 발명활동을 쓸 내용이 없어서 적은 것이 아니다. 지원 당시의 입시 흐름은 '교내 활동'을 지향했다. 따라서 좀 더 학교 안에서 일어날 수 있는 이야기를 적으려 한 것이다. 이처럼, 매년 달라지는 입시의 흐름을 파악하는 것이 중요하다. 인터넷, 신문, 교육카페 등을 이용해서 지속적으로 기사들을 살펴보는 것이 좋다.

3. 느낀 점에 치중하자

가장 많이 하는 실수는 어떤 활동을 했는지에 대해 설명하는 것에 더 공을 들인다는 것이다. 하지만 활동에 대한 설명이 30%, 느낀 점을 70% 정도의 비율로 쓴다고 생각하고 느낀 점에 중심을 두어야 한다. 각 문항의 질문을 살펴보면 '배우고 느낀 점을 중심으로' 작성하라고 명시되어있다. 심사위원은 어떤 활동을 했는지 보다, 그 활동에서 무엇을 느꼈는지를 더욱 궁금해할 것이다. 느낀 점의 비율을 확인하기 위해 느낀 점을 다른 색으로 표시해보며 체크했다.

4. 자기소개서를 모두 읽은 후 나를 표현할 수 있는 한 단어를 찾아라

자기소개서를 읽고 심사위원이 '발명하는 아이' '기술기반의 CEO 및 IP CEO가 꿈인 아이'를 떠올릴 수 있으면 좋겠다고 생각했다. 아무리 내 이름이 ○○○이에요. 나는 ~해서 ~사람이 되고 싶어요.'라고 말을 해봤자 수많은 지원자들 사이에서 나를 기억하지 못할 것으로 생각했기 때문이다. 그래서 나는 나를 표현할 수 있는 키워들 정해, 모든 문항에 이 키워드에 초점을 맞추어 작성하여 이것을 통해 나를 기억할 수 있도록 했다.

5. 명사단어 사용을 줄이자

한 가지 예를 들어 '책임감을 느낄 수 있었습니다.'라는 표현보다는 '맡아서 해야 할 임무나 의무를 중히 여기는 마음을 키울 수 있었습니다.'라는 느낀 점이 훨씬 구체적으로 보인다. 이처럼 명사단어를 조금 풀어서 쓰면 더욱 구체적으로 이야기할 수 있다.

6. 틈을 보여라

자기소개서에 발명품에 관한 내용을 적고 싶었지만, 이야기하고 싶은 발명품이 너무 많아서 어떤 걸 선택해야 할지 몰랐다. 그래서 과감히 모든 자기소개서에 발명품 이야기를 생략했다. 그 결과 면접을 본 5개

의 대학 중 3곳에서 “발명품을 소개해 주세요.”라는 질문을 받았고, 그 동안 했던 특허 등록, 대회 수상 등을 한 번에 이야기할 수 있었다.

7. 약점을 감추려 하지 말아라

일반전형으로 수시를 쓰게 되면 다른 인문계, 자사고, 특목고 아이들과 경쟁해야 하기 때문에 발명 ‘특성화고등학교’는 약점이 될 수도 있다고 생각했다. 하지만 이것을 굳이 숨길 필요는 없다고 생각했다. 대신 이것을 경쟁력으로 이용했다. ‘혜진이의 자기소개서’ 서강대학교 4번 문항을 읽어보면 알 수 있을 것이다. 발명특허과가 신설학과라는 것이 강점이 될 수도 약점이 될 수도 있을 것이다. 서강대학교 Art&Technology학과 역시 신설학과였다. 고등학교에서도 신설학과였다는 것을 이용해 지원한 학과와의 공통점을 이야기하고, 장점으로 이용했다. 또한, 차세대영재기업인 지원할 때 ‘특성화고 학생에 어떻게 특목고 학생들 사이에서 공부할 수 있겠냐’는 편견이 있었다. 하지만 그 편견을 이겨냈고 수석으로 수료할 수 있었다는 것을 이야기했고, 자연스럽게 특성화고에 대한 편견을 없애려 했다.

8. 네트워킹을 이용하라

발명의 가장 큰 장점 중에 하나는 네트워킹이라고 생각한다. 발명활동을 통해 새로운 사람들을 많이 만나게 된다. 이때 전화번호를 받아 지속적으로 연락한다면 큰 자산이 될 수 있다. 나의 경우 고등학교 3년 동안 만났던 사람들의 도움을 많이 받았다. 당시에는 단순히 친해

지고 싶어서 연락을 했지만, 여러 상황에서 큰 도움을 받았다. 예를 들어, 발명을 통해 아는 선배가 ○○대학에 진학했다는 소식 등을 통해 대학 선택에 큰 도움을 받았고, 지원하려는 학과에 먼저 진학한 선배들을 통해 학과에 대한 정보도 알 수 있었다.

9. 오타, 띄어쓰기, 문단 나누기

띄어쓰기와 문단 나누기는 자기소개서 작성에 있어서 기본이 된다. 또한, A대학을 지원하는데, 자기소개서에 B대학에 대한 내용이 나와 있는 등 자기소개서를 서로 바꿔서 잘못 제출하는 경우도 있다. 이러한 실수들을 꼼꼼히 살펴야 한다. 같은 학과라도 대학마다 이름이 다른 경우도 많다(ex. 산업경영공학과, 산업공학과, 글로벌융합산업공학과).

10. 키워드를 생각하자

'혜진, 혜린이의 서강대 합격 자기소개서'를 살펴보면 각 문항마다 말하고자 하는 키워드들이 적혀있다. 하나를 이야기하더라도 정확하게 이야기해야 한다. 각 문항을 읽고 이 학생이 무엇을 이야기하고 싶은지 키워드로 파악될 수 있는 것 중요하다.

11. 가려는 학교 및 학과의 인재상과 핵심 단어를 파악하라

우리가 쓴 자기소개서를 살펴보면 학교, 학과에 따라 조금씩 차이가 있다. 이것은 학교와 학과마다 인재상에 차이가 있기 때문이다. '혜진이의 자기소개서' 중 서강대학교와 경희대학교 자기소개서 1번 문항 중

두 번째 문단을 비교해보면 차이점이 있을 것이다. 서강대학교는 다양한 학문이라는 키워드로, 경희대학교는 산업경영공학과와의 전공 적합성을 나타냈다. 또한, 경희대학교 자기소개서 2번 문항 2번째 활동에서 '최적화'와 '효율성'이라는 키워드를 사용하려 했다. 이것은 산업경영공학과의 경우 최적화와 효율성이라는 단어가 중요하게 사용된다는 사실을 알게 되었기 때문이다. 이런 한 것은 학교 및 학과에 대한 관심이 많다는 것을 손쉽게 표현할 수 있는 방법이다.

12. 무조건 그 학교/학과 여야만 하는 이유를 생각하라

지원한 대학 중 숭실대 벤처중소기업학과를 지원한 이유는 실제적인 창업을 하고 싶었기 때문이다. CEO가 되기 위해서는 경영학과를 가야 한다고 생각했지만 여러 활동을 통해 실무중심의 창업을 하고 싶었다는 마음이 커졌다. 그렇기 때문에 실전 중심의 창업을 할 수 있는 벤처중소기업학과 여야만 했다. 왜 꼭 ○○학교/학과 여야만 하는 이유를 생각하고 이것이 자기소개서 혹은 면접에서 자연스럽게 녹아들게 이야기한다면 더욱 좋을 것이다.

13. 아무 생각 없이 자기소개서를 읽을 때 눈에 띌 수 있는 단어를 이용하라

'혜진이의 합격 자기소개서' 중 숭실대학교 자기소개서 4번에서는 '춘장 소스' 등과 같은 단어들이 심사위원의 눈을 사로잡았다고 생각한다. 자기소개서에 춘장 소스에 관련된 이야기를 쓰는 경우는 흔치 않다고 생각한다. 꿈을 구체적으로 표현하기 위해 사용한 춘장 소스는 심사위원의 호기심을 자극했다. 이것에 대한 증거는 면접에서 드러났다. 면접에서 심사위원들은 나의 자기소개서를 꼼꼼히 읽지 않는다. 그 자리에서 읽고 눈에 띄는 키워드를 통해 질문을 하는 것이다. 숭실대학교 면접에서 '춘장 소스'에 대한 호기심을 가지고 질문했고, 이를 통해 나의 생각과 꿈을 차별성 있고 독특하게 표현할 수 있게 되었다.

14. 차별성을 찾아라

숭실대 벤처중소기업학과에 지원하는 학생 중 상당수의 꿈은 CEO라고 생각한다. 이럴 때 남들과는 차별성이 필요하다. 그래서 나의 꿈을 더욱 구체화시켜 IP CEO라고 하였다.

15. 진솔하게 자신을 표현하라

혜진, 혜린의 자기소개서를 보면 진솔하게 자신을 표현하였다. 무엇보다도 자신감을 가지고 자기소개서에 진실 된 나를 녹여 진심으로 다가가면 그 어느 스펙보다 좋은 자기소개서라고 생각한다. 진심을 이기는 것은 없다.

16. 자신만의 문체로 자기소개서 작성하기(많은 사람들에게 첨삭 받지 말 것)

자기소개서가 깔끔하고 군더더기 없다고 칭찬을 많이 받았다. 우리를 따라 하라는 이야기가 아니다. 자신만의 문체로 자기소개서를 작성한다면 그것도 똑같은 자기소개서들 중 자신만의 개성이 될 수 있다.

여기서 많은 사람들에게 첨삭 받지 말라는 것은, 많은 사람들에게 첨삭을 받게 된다면 각자의 개성이 섞여 뒤죽박죽인 자기소개서가 될 수 있기 때문이다. 지원 마감 날 장난삼아 첨삭을 한 번도 받지 않은 다른 선생님께 자기소개서를 보여드렸는데 쓴 소리만 잔뜩 듣고 다시 써야 한다는 이야기를 들었다. 하지만 다른 사람들에게는 잘 썼다는 이야기를 듣던 자기소개서였다. 이처럼 각자의 개성이 다 다른 것이기 때문에 첨삭은 여러 사람에게 받지 않는 것이 좋다고 생각한다.

대학입시를 준비하기 위해 해야 할 것은 무엇인가요?

혜린이가 알려주는 대학을 선택하기에 앞서 점검해야 할 일

1. 생활기록부 관리

독서활동, 진로계획 등을 철저히 관리해야 한다. 만약 가고 싶은 과가 경영학과라면 경영과 관련된 독서와 진로를 선정해야 한다. 특히 생활기록부는 학년이 지나가면 어떠한 경우라도 수정할 수 없니 미리 미리 준비하는 것이 중요하다.

2. 수시준비기간

본격적인 수시를 3학년 1학기에 들어가면서 준비했다. 자기소개서 작성 및 대학을 알아보는데 많은 시간이 걸렸다. 자기소개서 준비는 3학년 중간고사 때부터 했고, 입시의 흐름이라던지 대학은 2학년 때부터 틈틈이 확인했다. 특히 자기소개의 경우 처음 작성했을 때는 잘 썼다고 생각할지도 모르겠지만 처음 썼던 자기소개서를 시간이 흐른 뒤 읽어보면 고쳐야 할 부분이 많이 보인다. 그러니 미리미리 작성하여 첨삭을 받는 것이 좋다.

3. 대학 선택 시 면접일

대학을 선택할 때 면접일이 겹치는 것을 조심해야 한다. 입시요강에 보면 면접예정일이 나와 있다. 혹시나 2개 대학을 모두 붙었는데 시간이 맞지 않아서 하나를 포기하게 된다면 굉장히 억울할 것이다. 또한, 수능 이후에 보는 면접은 결시생이 생긴다. 수시를 썼던 학교보다 수능점수가 잘 나오면 면접장에 오지 않는 경우가 많다. 즉, 경쟁률이 낮아진다는 이야기이다.

4. 최종발표일 확인

최종 발표일이 수능 전에 나는지, 후에 나는지도 중요한 요소이다. 수능 전에 최종발표가 나면 기쁘기 때문에 최종발표날짜도 확인해보는 것이 좋다. 수능 전에 한 군데 대학에 합격하여서 편한 마음을 지낼 수 있었다. 만약 모두 수능 이후 발표였다면 무척 신경이 쓰일 것이다. 생각보다 결과를 기다리는 시간은 정말 힘들다. 하지만 반대로 수능 공부에 방해받기 싫으며 면접이 수능 이후에 있는 걸로 선택하는 것도 좋은 방법이다.

5. 꿈과 현실 직시

어떤 학생들은 아무 생각 없이 흔히 말하는 IN 서울 대학을 꿈을 꾼다. 그리고 또 다른 학생들은 좋은 무기를 가지고 있음에도 낮은 대학을 지원하곤 한다. 자신이 원하는 대학과 현실 사이를 정확히 구분해서 지원하는 것이 중요하다. 무조건 주변의 말을 듣는 것과 무조건 내 생각만 고집하는 것 사이의 적정선을 찾아야 한다.

ADVICE

추가적으로 대학 입시를 준비하는 학생들, 많은 걱정이 있을 것이다. 특히 아직 1차 서류접수를 하지도 않았는데 2차 면접을 걱정하는 학생들이 많을 것이다. 일단 면접은 걱정하지 않고 1차 서류를 잘 준비하였으면 좋겠다. 2차 면접은 나중 일이기 때문이다. 면접을 준비할 시간은 생각보다 충분하다.

Q5

면접에서는 어떤 질문을 받았나요?

혜진이의 면접질문공개

서강대학교 / Art&Technology / 알바트로스 특기자전형

[면접1]
1. 지원 동기를 말해보세요.
2. 학교에서 발명 제일 잘하나요?
3. 소개하고 싶은 발명품은 무엇인가요?
4. 디지털적인 발명품은 없나요?

[면접2]
1. 딸기와 포도를 가지고 공익광고 메시지를 만들어보세요.
2. 스마트폰 사용하나요?
3. 왜 사용 안 하나요?
4. 나중에 대학 입학해서 친구들이 불편해한다면 어떻게 할 것인가요?
5. 지원자는 메일에 바로 답장하는 스타일인가요?
6. 학교 진로 상담 선생님이 추천해줘서 본 학과에 지원했나요?
7. 스마트폰을 디자인 해보세요.

숭실대학교/ 벤처중소기업학과 / SSU미래인재 학생부종합

1. 소개하고 싶은 발명품은 무엇인가요?
2. 다른 발명품은 없나요?
3. 앞에서 이야기한 발명품의 구조 설명해주세요.
4. 특허인가요? 실용신안인가요?
5. 특허는 누가 심사 하나요?
6. 특허등록 받았다고 되는 게 아니라 실제 산업에 이용 가능 해야 되는데 이것에 대해서 어떻게 생각나요?
7. 생활기록부를 보면 변리사-CEO-IP CEO로 꿈이 점점 구체화 되는데 변화의 계기가 있나요?
8. 춘장 소스가 무슨 말인가요? (자기소개서 4번)
9. 창의력 있는 사람이라고 자신을 소개했는데 이런 생각을 할 수 있는 원동력은 무엇인가요?
10. 2학년 때 창업과 경영을 배웠네요?
11. 마지막으로 하고 싶은 말을 해보세요.

경희대학교 / 산업경영공학과 / 네오르네상스전형(학생부종합)

1. 경희대학교 어떻게 왔어요? 학교 첫인상은 어때요? 경희대학교 처음 온 건가요?
2. 성적이 좋은데 인문 계가서도 잘했을 것 같은데 왜 특성화고를 선택했나요?
3. 특성화고 특성상 수학 과학 같은 이수단위가 적은데 대학 생활에 어려움이 있지 않을까요?
4. 봉사활동을 많이 했는데 무엇을 가르쳤나요? 가장 최근에 한 내용을 이야기해 주세요.
5. 특허가 있나요?
6. (공통문제)
   우리나라의 전기가 원자력 발전소에서 생산되는데 원자력 발전소 증진에 찬반을 결정하고 근거를 주장하라.
7. 마지막으로 하고 싶은 말이 있나요?

서울과학기술대학교 / 글로벌융합산업공학과 / 특성화고특별전형

1. 자기소개를 해보세요.
2. 외부프로그램 많이 했는데 사업할 때 가장 중요하다고 생각하는 것은 무엇인가요?
3. 공공데이타매쉬업이 무엇이며 활용분야 예시를 말해 보세요(자기소개서2번).
4. 수학통계질문.
5. IP CEO 본인이 만든 단어 인가요?
6. 삼성과 애플의 특허전쟁 결과 어떻게 나올 것이라 생각하나요?
7. IP CEO랑 기술기반의 CEO랑 어떤 관계인가요?
8. 가장 자신 있는 발명품을 이야기해주세요.
9. 특허 언제까지 돈을 안 내는지 아나요?
10. 고등학교 졸업하면 특허 유지비를 내야 하는데 특허를 계속 유지 시킬 것인가요?
11. 수학 좋아하나요? 수학에서 가장 좋아하는 부분이 뭔가요?
12. 어떤 과목 좋아하나요?
13. 마지막으로 하고 싶은 말이 있나요?

건국대학교 / 산업공학과 / KU고른기회전형(유형4특성화고교출신자)

1. 점심 먹었나요?
2. 긴장 풀기 위해서는 준비한 것부터 시켜야겠죠? 자기소개 한 번 해보세요.
3. 전 학년 우등상을 받았네요. 공부 잘했나요?
4. 발명이랑 공부 같이하는 거 어렵지 않았나요?
5. 산업공학이 뭔가요?
6. 차세대영재기업인 프로그램이 무엇인가요?
7. 차세대영재기업인 프로그램에서 가장 기억에 남는 것이 무엇인가요?
8. 시대가 요구하는 인재상이 무엇인가요?
9. 특허 있나요?
10. 특허출원방법이 어떻게 되나요?
11. 동아리에서 얼마나 봉사하나요?
12. 봉사 힘들지 않았나요? 운영이 잘되었나요?
13. 마지막으로 하고 싶은 말이 있나요?

혜린이의 면접질문공개

서강대학교 / Art&Technology / 알바트로스 특기자전형

[면접1]
1. 자신을 융합의 딸이라고 설명했는데 그 이유가 무엇인가요?
2. 자신 있는 발명품이 무엇인가요?
3. 사람을 위한 발명을 한 적이 있나요?
4. 아텍과 관련있는 발명품이 있나요?
5. 아텍이 무엇이라고 생각하나요?
6. 자신의 단점이 무엇인가요?
7. 그 단점을 극복하려고 했나요?

[면접2]
1. 자신이 언니보다 나은 점이 무엇인가요?(자기소개서4번에 혜진이 언니 언급)
2. 자신 있는 발명품이 무엇인가요?
3. 어떤 미래를 보고 고등학교를 선택 했나요? 또한 거기서 얻은 너만의 경쟁력이 무엇인가요?
4. 최종 꿈은 무엇인가요?

서강대 Art&Technology 학과의 알바트로스 특기자전형에서는 면접이 두 번 진행된다. 제출서류를 바탕으로 창의성, 문제해결능력, 다면적 사고력, 학업능력, 의사소통능력 등을 종합평가한다. 지원당시 제출했던 포토폴리오에 관련된 내용에 대해서도 질문을 하니 내용을 완벽히 이해하고 있어야한다.

건국대학교 / 산업공학과 / KU고른기회전형(유형4특성화고교출신자)

1. 뭐 타고 면접장에 왔나요?
2. 몇 시간 걸렸나요?
3. 건국대학교 와봤나요?
4. 건국대 캠퍼스에 대한 이미지는 어떤가요?
5. 지원 동기가 무엇인가요?
6. 카이스트 영재원이 무엇인가요?
7. 카이스트 영재원을 수료하고 느낀 점은 무엇인가요?
8. 산업공학이 무엇이라 생각하나요?
9. 최적화를 설명해보세요.
10. 1/x를 미분해보세요.
11. 1/x를 적분해보세요.
12. '일'이 무엇인가요. '일'을 정의해보세요.
13. 건국대에 와야 하는 이유가 무엇인가요?

ADVICE

10번, 11번과 같이 학업에 관련된 질문이 나오면 당황해서 까먹거나 대답을 하지 못하는 경우가 있다. 이럴 경우 정답이 틀려도 좋으니 자신의 생각을 논리적으로 이야기하자.

Chapter 04

우리 함께 꿈을 꾸고 꿈을 이루자

미래를 예측하는 최선의 방법은 미래를 창조하는 것이다.

The best way to predict the future is to invent it.

— *Alan Kay*

발명후배들에게 해주고 싶은 말이 있나요?

혜진이가 하고 싶은 3가지 이야기

"파브르를 꿈꾼 소년, 내신 8등급에도 延大 수시門 뚫었다." 2011년 위와 같은 제목의 기사가 나왔다. 그리고 2015년 "한국판 파브르 소년' 뽑았더니… 풍뎅이 소녀, 철새 소년만 몰려" 이 기사를 읽을 수 있었다. 이 두 가지 기사를 읽으며 너무 하고 싶은 이야기가 많았다.

[오늘의 세상]

**파브르를 꿈꾼 소년,
내신 8등급에도 수시 뚫었다**

조선닷컴 /춘천=권승준 기자 2011.09.23 03:10
[출처] 본 기사는 조선닷컴에서 작성된 기사입니다.

[시스템생물학과 합격한 춘천고 차석호군]
곤충에 빠진 소년 – 틈나면 산에서 새벽까지 채집
잘못 알려진 곤충 6종 찾아내 생물연구학센터에 신고하기도

교수들이 놀라다 – 시신경 이상으로 성적 저조, 수학 능력 의심한 교수들
면접본 뒤 "천재… 꼭 뽑자"… 작년 논문, 학부생 수준 넘어서

"지금은 딱정벌레목(目) 하늘솟과(科) 곤충들이 궁금해요. '기주식물(기생동물의 숙주가 되는 식물)'이 종마다 다른데 생물학적으로 드문 경우거든요."

그의 고교 내신은 전체 9등급 중 최하위 수준인 8등급. 차군의 내신 성적이 바닥인 것은 '안구진탕(nystagmus)'이라는 선천적인 안과 질환 때문이다. 시신경에 이상이 생겨 사물이 흔들리는 것처럼 보이거나 겹쳐 보이는 것이다. 그러나 그는 곤충에 대해서는 전문가나 다름없다. 그는 지난 7일 연세대 수시 모집 창의인재 전형으로 시스템생물학과에 합격했다. 올해 처음 시행된 이 전형은 수능과 내신 성적 없이 추천서와 본인의 창의성을 입증하는 자료만으로 선발했는데 경쟁률이 60.6대1에 달했다. 내신 열등생인 그가 한국의 파브르('곤충기'의 저자 앙리 파브르)를 꿈꾸는 특별한 학생이라는 것을 학교에서 알아본 것이다.

연세대 입학처장 김동노 교수는 "내신 8등급으로 연세대에 들어온 경우는 차군이 처음일 것"이라고 했다.

◆ 연세대, "곤충박사 모셔라"
22일 춘천고에서 만난 차군은 어눌한 말투에 눈을 내리깔고 말하는 버릇 때문에 수줍은 인상이었다. 또래들이 열광하는 '소녀시대' 멤버에 대해서도 잘 몰랐다. 친구들이 소녀시대에 열광할 시간에 산에 가서 곤충들을 보기 때문이다.

연세대 전형 때 면접관들은 차군이 지난해 쓴 논문을 보고 감탄했다. 딱정벌레목의 산맴돌이거저리라는 곤충의 배(背) 끝마디가 숟가락 모양으로 휘어져 있는 것이 어떤 진화 과정을 거쳤는지를 규명해 낸 것이다. 차군은 복잡한 실험과 다양한 가설을 거쳐 산맴돌이거저리의 배 끝마디가 다른 곤충의 위협을 막기 위한 방향으로 진화했다는 결론을 내렸다. 교수들은 차군의 논문을 보고 "이미 학부생 수준을 뛰어넘었다"고 평했다. 연세대 입학처 관계자는 "처음엔 차군의 능력을 의심했던 교수들이 '이 학생은 천재다. 반드시 뽑아야 한다'고 했다"고 말했다.

차군의 담임인 김기원(44) 교사는 "솔직히 이 아이가 쓰는 전문적인 곤충 관련 글은 거의 이해를 못할 정도의 수준"이라고 말했다.

◆ 곤충이 궁금한 초등학생, 생물학자의 길로 들어서다

차군은 강원도 홍천 근처에 살던 초등학교 시절부터 곤충에 빠졌다. 곤충의 모든 것이 신기해서 시간만 나면 산으로 곤충 채집을 나섰다고 한다.

"고교 진학 후에는 밤에도 산에 가요. 곤충의 주광성(走光性·빛의 자극에 반응하는 성질)을 관찰할 수 있거든요." 새벽 3시가 넘도록 채집을 하는 건 보통이라고 했다. 한번은 새벽에 채집하다가 멧돼지 소리에 혼비백산해서 도망친 적도 있었다.

차군은 작년 9월 강원도 춘천시 대룡산 해발 900m에서 국내에서 아직 발견되지 않은 딱정벌레목 밑빠진벌레과의 파라메토피아(parametopia)종으로 추정되는 곤충을 발견하기도 했다. 국내에서는 이 종의 전공자가 없어서 미국 캘리포니아주(州) 농식품부에서 일하는 앤드루 클라인(Cline) 박사에게 메일을 보내 조언을 받았다.

차군은 "클라인 박사로부터 이 종이 파라메토피아로 보인다는 의견을 받았는데, 아직 국내에서 유전자 확인 작업이 어려워 아쉽다"고 말했다.

벌써 대학 생물 교과서를 읽고 있는 차군은 "언젠가 파브르 곤충기처럼 많은 사람에게 사랑받을 수 있는 고전을 쓰고 싶다"는 포부를 갖고 있다. 그는 "나처럼 하나의 재능만 가진 사람도 충분히 사회에서 인정받을 수 있다는 걸 많은 이들에게 보여주고 싶다"고 말했다.

'한국판 파브르 소년' 뽑았더니…
풍뎅이 소녀, 철새 소년만 몰려

조선닷컴 / 엄보운 기자 이철원 / 2015.03.12

[한국 입시문화에 좌절된 연세대의 '창의 인재 실험']

첫해엔 다양한 학생들 지원

'파브르 소년' 이듬해부터 사교육으로 '가공'된 아류만…

결국 선발인원 4분의 1로 줄여

2011년 춘천고 3학년이었던 차석호(21·당시 17세)군의 내신은 전체 9등급 중 8등급이었다. 그런 그가 2012학년도 입시에서 연세대 시스템생물학과에 합격했다. 차군은 수학 실력은 떨어졌지만, 어릴 때부터 곤충 연구에 빠져 채집을 하러 다니고 밤새워 관찰한 열정에 면접관들이 감동했다. 교수들은 "반드시 뽑아야 할 인재"라며 만장일치로 합격시켰다. 그해 연세대가 처음 도입한 '창의 인재 전형' 덕분이었다. 차군은 '한국의 앙리 파브르를 꿈꾸는 학생'이라 불리며, 연일 화제가 됐다. 연세대의 창의 인재 전형은 '줄 세우기식 입시 문화를 바꿀 혁신'으로 평가받았다.

그로부터 만 4년. 연세대는 '창의 인재 전형'의 내년 정원을 올해의 절반인 10명으로 줄이는 안을 통과시켰다. 2013학년도에 40명을 뽑았던 것에 비하면 정원이 4분의 1로 쪼그라든 것이다. 수능이나 내신 성적으로 나타나지 않은 '창의 잠재력'을 가늠해 인재를 선발하겠다고 야심 차게 시작한 전형이 이렇게 축소된 배경엔 "뽑을 인재가 없다"는 고민이 깔려 있다.

시행 첫해인 2012학년도엔 차군을 포함해 모두 31명이 합격했다. 당시 정원은 30명이었지만 연세대는 마지막 두 명을 동점 처리하면서까지 31명을 뽑았다. 입학처 관계자는 "차군을 포함해 신선하고 다양한 학생들이 지원했다"고 기억했다. 서울대 교수에게 무작정 이메일을 보내 대학생들과 함께 라틴어 수업을 청강한 어학 특기생부터 자신이 직접 쓴 영화 시나리오를 들고 충무로 영화감독들에게 조언을 구하러 다닌 여고생도 있었다. 하지만 이 관계자는 "그다음 해부터 2012학년도 기존 합격생들의 특장(特長)을 그대로 흉내 낸 지원자들이 속출해 크게 당황했다"고 했다. '연세대 창의 인재 전형 전문 학원'과 '창의 인재 전형 집중 분석서'라는 제목의 책이 시장에 나타난 후였다.

연세대 입학처의 한 교수는 "파브르 고교생이 뜬 뒤 '장수풍뎅이 여고생' '철새 박사 소년' 등이 앞다퉈 지원서를 냈다"며 "이 같은 아류(亞流)들은 얼마 전 끝난 2015학년도 입시에서도 계속 나타나고 있다"고 말했다. 그는 "학교의 뜻은 '기존 제도가 담지 못하는 학생들을 뽑자'는 것인데 첫해를 제외한 2013학년도부터 사교육으로 만들어진 듯한 학생들의 지원이 몰렸다"고 말했다. 면접을 통해 과거가 조작된 학생들이 나타날 때마다 교수들은 좌절했다고 했다. '학창 시절 내내 곤충을 관찰하며 지냈다'고 자기소개서를 쓴 학생을 면접했더니 실제 서울 밖으로 벗어나 흙 냄새 맡아본 적이 손에 꼽는다고 실토한 경우도 있었다.

이 전형을 통해 뽑힌 학생들이 대학에서 원만하게 적응하지 못하는 경우가 많다는 것도 창의 인재 전형 정원을 줄이는 데 영향을 미쳤다. 연세대 공과대학의 한 교수는 "신입생들이 처음으로 듣는 공학수학 같은 과목은 수학 내신 1등급을 받고 들어온 학생들도 버거워한다"며 "기초 과목에서 좌절한 창의 인재 합격생들은 전공 수업에서도 줄줄이 무너졌다"고 말했다. 차석호 학생도 입학 후 한 차례 휴학을 한 것으로 확인됐다.

2013년부터 적용된 교육부 지침도 상황을 악화시켰다. 공교육 정상화를 이유로 "외부 활동을 많이 한 학생보다 학생생활기록부가 우수한 학생을 선발할 것"을 각 대학에 요청한 것이다. 튀는 인재를 선발할 길이 더욱 좁아져버린 것이다

첫 번째로, 나 역시 부족한 학업 능력이지만 서강대에 입학했다(특성화고의 교육과정상 국어·영어·수학 등의 과목 시간이 적다). 서강대에 입학할 수 있었던 것은 파브르를 꿈꾼 소년처럼 나만의 차별성이 있었기 때문이라고 생각한다. 발명특허과 1회 졸업생이라는 이름 아래 순순히 발명과 특허를 통해 나만의 차별성을 인정받았다. 서강대학교에 입학한 후

발명활동을 하는 많은 후배들에게 대학 입시와 관련된 연락을 받는다. 그런데 현실적으로 이제 발명과 특허만을 가지고 입학하기에는 경쟁력이 부족해진 느낌이다. 이제는 나의 모교도 내가 졸업한 지 4년이 흘렀고, 그 사이 발명활동을 하는 친구들이 많아졌다. 즉, 이제는 발명과 특허만으로 입시를 준비하기에는 경쟁자들이 너무 많다는 뜻이다. 나는 발명과 특허만을 가지고 입학했을지 몰라도, 이제는 새로운 무언가로 자신만의 차별성을 찾아야 가능성이 있을 것 같다. '한국판 파브르 소년' 뽑았더니… 풍뎅이 소녀, 철새 소년만 몰려' 이 말을 잘 기억해주었으면 좋겠다. 그리고 발명을 스펙으로 이용하지 않았으면 한다.

두 번째로, 15년도 기사에 보면 이런 내용이 있다. '이 전형을 통해 뽑힌 학생들이 대학에서 원만하게 적응하지 못하는 경우가 많다는 것도 창의인재전형 정원을 줄이는 데 영향을 미쳤다. 연세대 공과대학의 한 교수는 "신입생들이 처음으로 듣는 공학수학 같은 과목은 수학 내신 1등급을 받고 들어온 학생들도 버거워한다"며 "기초 과목에서 좌절한 창의 인재 합격생들은 전공 수업에서도 줄줄이 무너졌다"고 말했다.' 이 기사의 내용처럼 서강대학교에 합격했음에도 마냥 기뻐할 수 없었던 것은 적응에 대한 걱정이었다. 하지만 1년간의 학교생활 후 느낀 것은 내신 성적과 수능등급으로 표현할 수 있는 숫자가 우리를 평가할 수 있는 아주 미약한 것임을 너무 크게 느꼈다. 생각했던 것처럼 나의 수능점수와 학업 능력은 그리 중요하지 않았다. 물론, 이것은 내가 재학중인 학과에 해당되는 이야기로 다른 학과에는 적용이 안 될 수도 있다. 그렇지만 재학 중인 학과에서는 오히려 그동안 발명을 하면서 만났던 사람들 그리고 그곳에서 경험한 많은 것이 훨씬 좋은 가치를 안겨주었다. 그 결과 나의 걱정과는 다르게 성적도 좋게 받았고, 장학금도 받을 수 있었다. 하지만 2015 겨울 계절학기로 대학수학을 들을 때는 정말 고통스러웠다. 이 모든 것에 후회는 없지만 아쉬움은 있다. 조금 더 국어·영어·수학과 같은 기초학문을 열심히 했었더라면 하는 아쉬움이다. 후배들에게 하고 싶은 말은 내신 8등급, 연세대 이 단어만 기억하고 공부를 뒤로 한 채 활동에만 집중하는 것은 조심하면 좋겠다. 수능성적은 낮게 나왔지만 그래도 나의 우선순위는 언제나 학업이었고, 내신은 꼭 챙기려고 했다.

세 번째로, 기사 내용과는 별개로 발명대회에서 수상하지 못했다고 해도 크게 슬퍼하지 말라는 이야기를 하고 싶다. 아마 대회에서 어떤 상을 받았는지에 대해 민감할지도 모른다. 나 역시 금상이냐 은상이냐 이러한 상격에 큰 의의를 두었다. 꼭 높은 상을 받아야만 할 것 같았고, 그렇지 않으면 그동안의 나의 노력들이 물거품이 되는 것 같았다. 하지만 이러한 생각이 옳지만은 않았다는 것을 시간이 지난 후 알게 되었다. 대학의 자기소개서를 쓸 당시가 되니 내가 금상을 받았는지, 은상을 받았는지보다 그 대회를 통해 어떤 것을 느꼈는지에 대해 쓸 내용이 훨씬 더 많았다. 그리고 발명활동을 하며 만났던 사람들 그리고 발명대회를 하며 준비했던 시간들은 너무나 좋은 영향을 끼치고 있다. 그러니 수상을 못했다고 해도 너무 슬퍼하지 말고 이것을 통해 무엇을 느꼈지에 대해 생각하는 것이 더 중요하다고 생각한다.

조금 더 넓은 시야를 가지고 자신이 좋아하는 것은 무엇인지, 잘할 수 있는 것은 무엇인지 찾아가고 이 안에서 자신의 꿈을 찾을 수 있었으면 좋겠다.

혜린이가 발명교육을 받으며 느낀 점과 나의 꿈

1. 발명을 스펙으로 생각하지 않았으면 좋겠다.
2. 자기가 진심으로 좋아서 발명을 하면 좋겠다.
3. 발명활동으로 상처 받지 않았으면 좋겠다.
4. 즐거운 마음가짐으로 발명했으면 좋겠다.
5. 지식을 쌓으면 발명품의 수준도 올라간다.
   발명활동 뿐 만 아니라 학업도 놓치지말자.
6. 객관적인 시선으로 자신을 바라보자.

—발명 후배들에게 해주고 싶은 이야기

발명교육을 받으며 최종적인 느낀 점을 쓰고 싶다. 나는 초등학교부터, 그러니까 약 2008년 정도부터 발명교육을 시작했다. 그때가 내 생각으로 발명교육이 막 시작했을 때였던 것 같고, 본격적으로 시작했을 때가 2011년, 중2 때인데 그때는 발명·특허 특성화고가 발명교육을 중학생 대상으로 시작했을 때이다. 그러니까 나는 발명교육의 첫 시작부터 함께 해왔던 거로 생각한다. 그럼에도 불구하고 나는 내가 발명을 잘한다고 생각하지 않는다. 발명 분야에서 유명한 혜진 언니와 달리 뚜렷한 두각이 없다. 그냥 발명교육 많이 받은 학생 정도(?)라고 나도 그렇고 내 주변도 그렇게 생각한다.

발명교육으로 가장 크게 얻은 것은 경험이다. 엄마가 내게 고등학교 진학을 앞두고 말해주었던 것처럼 발명으로 인해서 다양한 경험을 할 수 있었다. 아이디어회의를 하면서 소통을 배웠고 다양한 친구들도 많이 만났다. 창업도 계획해보고 소논문도 써보고 포럼도 다녀와 보고, 골드버그도 기획해보고. 지금 혜진 언니와 창업준비를 하는 것만 하더라도 발명교육을 받지 않았더라면 창업은 아마 내 인생에서 없었을 것이다. 발명으로 얻은 것 중에서 경험이 가장 값지다고 생각한다. 앞으로도 나는 발명을 하며 계속해서 나의 경험과 스토리를 쌓아갈 것이다.

또 한 가지는 소중한 인연이다. 발명교육을 같이 받아온 친구들은 창업에 대해 생각하는 것이 비슷하다. 앞에서 이야기했듯 창업을 두려워하지 않기 때문에 창업할 때 가장 중요한 팀 빌딩도 수월하게 해결할 수 있다고 생각한다. 좋은 사례로 나와 혜진 언니는 같은 발명·특허 특성화고를 나왔고 같은 서강대 Art&Technology 학과에 들어갔다. 비슷한 가치관을 가지고 있고 같은 교육을 받았기 때문에 마음이 잘 맞는 파트너라고 생각한다. 어떤 일이던지 할 때 함께 갈 좋은 동료를 만드는 것은 정말 중요하다고 생각한다. 내가 서강대 Art&Technology 학과를 지원할 때, 혜진 언니에게 정말 많은 도움을 받았다. 자기소개서부터 필요한 원서들까지 혜진 언니와 상담을 했다. 그리고 입학 후 언니가 했던 말이 기억에 남는다. “마음이 맞는 사람들을 찾기가 어려웠는데, 이제 같은 학교에 입학하게 되었으니 이제 같이 창업도 하고 대회도 나가자.” 언니도 발명을 통해 나를 만났고 믿을 수 있는 후배를 만난 것이다.

이러한 스토리를 통하여 나는 지금까지 꿈을 꾸고 꿈을 이루어 나가고 있다. 이 모든 것에 감사하고 또 감사하다.

부록

혜진&혜린이의 합격 자기소개서

☆ ☆ ☆

혜진이의 합격 자기소개서

숭실대학교 / 벤처중소기업학과 / SSU미래인재학생부종합전형

---

1. 고등학교 재학 기간 중 학업에 기울인 노력과 학습 경험에 대해, 배우고 느낀 점을 중심으로 기술해 주시기 바랍니다(1,000자 이내).

저에게 발명은 부모님과 같습니다. 고등학교 입학 후 발명·특허를 배우며 발명은 부모님이 자식을 옳은 길로 인도하는 것처럼 저를 도와주었습니다.

첫째, '일의 우선순위를 결정하여 해결하는 법'을 알게 해주었습니다. 처음에는 발명을 하는 것만으로 행복했습니다. 하지만 발명을 하다 보니 특허출원을 하고 싶은 욕심이 생기고, 다양한 활동을 경험하고 싶어졌습니다. 이렇게 욕심을 내다보니 해야 하는 일은 쌓여만 갔습니다. 결국, 나중에는 어느 것을 먼저 해결해야 하는지, 학업은 언제 신경을 써야 하는지 고민이 생겼습니다. 시작한 일에 대해서는 책임을 지고 싶었기에 중간에 멈추는 것을 원하지 않았습니다. 그래서 우선순위를 정해 차근차근 해결하기로 했습니다. 그러던 중 가치 있는 발명을 하기 위해서는 그만큼의 학업능력이 바탕이 되어야 한다는 사실을 깨달았습니다. 그 후 학업을 1순위로 정하고 차근차근 과제를 해결했습니다. 수행평가는 당일 마무리를 원칙으로 절대 학업을 뒤로 미루지 않았습니다. 발명활동을 하느라 공부할 시간이 부족할 때면 잠을 줄이며 공부했습니다. 이렇게 우선순위를 결정하여 문제를 해결하니 전 학년 우등상을 받을 수 있었습니다. 또한, 또 다른 어려움이 생겨도 효율적으로 처리하는 방법을 깨달아 과제처리 능률이 오르게 되었습니다.

둘째, '꿈을 구체화'할 수 있도록 도와주었습니다. 창업과 경영시간 자신의 창업아이템에 대해 사업계획서를 작성하라는 과제를 받았습니다. 저는 수업시간에 배운 두 가지 이상의 데이터를 융합하는 MASH UP을 통해 창업아이템을 도출했습니다. 빅데이터 중 공공데이터를 이용한 사업아이템을 기획했습니다. 〈경찰청의 교통알림e〉, 〈서울 열린 데이터 광장의 제설함 위치〉의 빅데이터를 MASH UP하여 사고의 원인과 제설함의 위치를 알려주는 어플을 개발했습니다. 빅데이터 MASH UP은 기존의 정보를 이용한다는 것과 적은 자본으로 창업을 시작할 수 있다는 것에 매력이 있는 것 같습니다. 앞으로 시대의 흐름을 빠르게 파악할 수 있는 능력을 키워 통찰력 있는 IP CEO가 되고 싶습니다.

2. 고등학교 재학 기간 중 본인이 의미를 두고 노력했던 교내 활동을 배우고 느낀 점을 중심으로 3개 이내로 기술해 주시기 바랍니다. 단, 교외 활동중 학교장의 허락을 받고 참여한 활동은 포함됩니다(1500자 이내).

… 1. 교내 기업과 함께하는 직무발명프로젝트

"어렸을 적 레고 블록을 가지고 장난감을 만들었던 기억이 있으신가요?" Neobot은 레고 블록으로 로봇을 만들고, 그 후에 직접 프로그래밍 하여 전자에 흥미를 느낄 수 있도록 하는 교육 로봇의 이름입니다. 기존 Neobot에는 프로그래밍 제어 시, 책과 같은 부수적인 물품을 소지해야 하는 문제점이 있었습니다. 위와 같은 문제를 어플의 명령에 따라 동작이 수행되도록 컨트롤러를 구비하여 해결하였습니다. 이후 특허출원을 했고 해당 특허를 기업에 기술이전 시켰습니다.

기술이전을 통해 열정이 가지는 위대함을 경험했습니다. 열정이 없었다면 기술이전을 하지 못했을 것입니다. 문제점을 개선하는 과정 속 몇 번이고 새로운 개선방법을 찾아야 했습니다. 때문에 지쳐갔지만, 열정으로 다시 힘을 낼 수 있었습니다. 그리고 끝까지 포기하지 않았다는 사실에 뿌듯했습니다. 더욱 뜻깊은 것은 기술 이전비 전액을 저소득층 아이들의 발명교육을 위해 기부한 것입니다. 앞으로 더욱 가치 있는 기술을 발명하여 국가산업발전에 기여하고 싶습니다.

… 2. 특허출원

삼성과 애플의 특허 싸움을 보며 미래에는 총과 칼이 아닌 지식재산권 확보를 통해 특허전쟁을 하는 시대가 올 것이라고 생각했습니다. 때문에 아이디어를 도출하고 발명품을 특허출원할 수 있을 정도의 능력을 키우기 위해 노력했습니다. 선행기술 검색사이트 '키프리스'를 이용하여 제 발명품과 선행기술과의 차별성을 찾았습니다. 그후 CAD 또는 구글 스케치업과 같은 프로그램을 이용하여 도면과 명세서를 작성하여 출원하였습니다. 특허출원을 하며 가장 어려웠던 부분은 청구항 작성이었습니다. 청구항은 권리범위가 확정되는 부분이자 특허등록을 결정하는 부분이기에 많은 고민을 거듭해야 했습니다. 이렇게 어렵게 출원한 특허가 약 2년간의 심사 후 등록 결정서가 나왔을 때는 믿기지 않았습니다. 사실 특허등록은 꿈조차 꾸지 못했습니다. 하지만 꿈조차 꾸지 못하는 일을 이루려면 꿈조차 꾸지 못할 만큼 노력한다면 된다는 사실을 알았습니다. 이후 도전과 실패에 대한 두려움을 극복할 수 있었습니다.

··· 3. 긍정에너지의 힘

저는 경영자가 가져야 할 덕목을 갖추기 위해 본교 발명교실 수료식의 책임을 맡아 진행했습니다. 친구들의 의견을 통합한 결과 기존의 딱딱한 수료식과는 다르게 웃으며 마무리할 수 있는 수료식을 만들기로 계획했습니다. 난타, 댄스동아리를 섭외해 친구들의 재능을 발휘할 수 있도록 준비했습니다. 또한, 선생님의 양해를 구해 연습실 사용을 허락받아 동아리 친구들이 더욱 적극적으로 준비할 수 있도록 도왔습니다. 수료식 책임을 맡으며 경영자에게 '긍정에너지'는 필수 덕목이라고 생각하게 되었습니다. 먼저 적극적으로 친구들의 의견을 묻고, 더 좋은 환경을 제공하기 위해 노력했습니다. 그 후 이러한 긍정에너지는 점점 널리 모든 친구들에게 퍼져갔습니다. 덕분에 모두가 즐기며 준비할 수 있었고, 성공적으로 수료식을 마무리할 수 있었습니다.

3. 학교생활 중 배려, 나눔, 협력, 갈등 관리 등을 실천한 사례를 들고, 그 과정을 통해 배우고 느낀 점을 기술해 주시기 바랍니다(1000자 이내).

··· 1. 배려 나눔을 실천한 재능기부 봉사활동

친구들과 'Glocal Bridge' 인재양성협회 봉사단체를 만들고, 회장을 맡아 매주 저소득층 아이들에게 발명품으로부터 배우는 과학적 원리를 수업했습니다. 첫 시간 척력과 인력에 대해 설명해주고, 자기부상 볼펜 팽이를 만들었습니다. 자석 사이에서 돌아가는 팽이를 보며 아이들은 신기해하였습니다. 그로부터 얼마 후 저에게 수업을 듣는 한 아이의 이야기를 들을 수 있었습니다. 그 아이는 처음 만났을 때 이름을 물어도 대답해주지 않을 정도로 소극적이었습니다. 그런데 그 아이가 학교 과학 시간에 인력과 척력을 공부했는데, 이미 자기부상 볼펜 팽이를 만들며 배운 내용이어서 선생님의 질문에 손을 들고 대답했다는 것이었습니다. 이 말을 듣고 말로 표현하기 어려운 감동을 받았습니다. 저의 재능이 다른 사람에게 도움된다는 사실에 뿌듯했고, 즐거움을 느낄 수 있었습니다. 또한, 나눔이란 결코 물질적인 것이 아니라는 말을 이해하게 되었습니다.

··· 2. 갈등은 3점 축구와 함께 사라지다.

1학년 때의 일입니다. 체육 자유시간만 주어지면 갈등이 생겼습니다. 남자들은 축구를 원했고, 여자들은 배드민턴을 원했습니다. 학기 초에는 항상 따로 시간을 보냈습니다. 그 후 부회장으로 선정되어 남자 회장과 함께 아침조회시간을 이용하여 함께 운동할 수 있는 방법을 토론하였습니다. 그 결과 여자들이 골을 넣으면 3점을, 한 달에 한 번은 여자들이 원하는 운동을 하게 되었습니다. 함께 운동하는 것을 망설였던 이유는 여자들이 같이하면 방해가 된다며 남자들이 싫어할 것이라는 오해 때문입니다. 하지만 남자들은 여자들이 적극적으로 골을 넣어 역전도 되어 더욱 긴장되는 경기가 되었다고 말해주었습니다.

함께 운동할 수 있는 방법을 찾으며 사람들의 생각을 모으는 합심이 중요하다는 것을 깨달았습니다. 서로간의 대화는 이해를 돕지만 대화를 하지 않으면 오해가 되는 것 같습니다. 또한, 적극적인 태도는 서로를 하나로 만들어주는 원동력이 되는 것 같습니다.

4. 지원동기와 대학 입학 후 학업계획 및 향후 진로계획에 대해 기술해 주시기 바랍니다 (1000자 이내).

저의 꿈은 지식재산기반의 IP CEO가 되는 것입니다. 이에 숭실대학교의 벤처중소기업학과는 저에게 최적화된 환경이라 생각했습니다. 기업 및 기업가적 경영을 바탕으로 교육하는 벤처중소기업학과는 충분한 매력으로 다가왔고, 꿈을 이룰 수있는 발판이 되어 줄 것이라는 확신을 가지게 했습니다.

숭실대학교에 입학한다면 우수 벤처 인턴십 프로그램, 멘토링 프로그램 등 창업에 필요한 교육과정을 통해 사회적 가치창출 방법을 배우기 위해 노력할 것입니다. 주입식 교육을 벗어나 응용과 실전 중심의 세상에 당당히 서고싶습니다. 하지만 창업을 위해서는 충분한 전문성을 갖추어야 한다고 생각하기 때문에 4년간 학업에 충실할 것입니다. 영어회화, 컴퓨터 활동 등 기초학업능력에 지식을 쌓은 후 모의창업, 글로벌 창업과 같은 학문을 중심으로 실제적인 전문성을 쌓고 싶습니다. 특히, 영어는 글로벌시대로 나아가기 위해 필수조건이라고 생각하기 때문에 주력을 다할 것입니다. 또한, '극한도전'에 참가하여 글로벌 창업을 경함하고 싶습니다. 재작년 고고엘팀이 캄보디아 방문하여 만난 고엘공동체 대표님은 "동체가 오랫동안 지속하려면 내실을 기하면서 욕심부리지 않아야 합니다."라는 말을 하셨습니다. 이 말을 읽게 된 후 꼭 극한도전에 참여하여 글로벌 창업을 직접경험하고 싶다는 간절한 마음을 갖게 되었습니다. 이렇게 충분한 전문성을 공부한 후 실제적인 창업에 도전하고 싶습니다. 예를 들어 집앞 중국집의 자장면은 '춘장을 포함하지 않는 짜장 소스 제조방법(제10-1038605호)으로 특허등록이 되어있습니다. 이처럼 반드시 지식재산권을 기반으로 충분한 차별성과 경쟁력을 가진 후 창업에 도전하여 특허전쟁을 대비할 수있는 경영자가 되고 싶습니다.저는 변화를 두려워하지 않고 새로운 아이디어를 창출 할 수 있는 능력을 가진 사람입니다. 또한, 꿈이 있기 때문에 포기하지 않을 자신 있습니다. 숭실대학교와 함께 세상을 바꿀 인재가 되고 싶습니다.

경희대학교 / 산업경영공학과 / 네오르네상스전형(학생부종합)

1. 고등학교 재학 기간 중 학업에 기울인 노력과 학습 경험에 대해, 배우고 느낀 점을 중심으로 기술해 주시기 바랍니다(1,000자 이내).

저에게 발명은 부모님과 같습니다. 고등학교 입학 후 발명·특허를 배우며 발명은 부모님이 자식을 옳은 길로 인도하는 것처럼 저를 도와주었습니다.

첫째, '일의 우선순위를 결정하여 해결하는 법'을 알게 해주었습니다. 처음에는 발명을 하는 것만으로 행복했습니다. 하지만 발명을 하다 보니 특허출원을 하고 싶은 욕심이 생기고, 다양한 활동을 경험하고 싶어졌습니다. 이렇게 욕심을 내다보니 해야 하는 일은 쌓여만 갔습니다. 결국, 나중에는 어느 것을 먼저 해결해야 하는지, 학업은 언제 신경을 써야 하는지 고민이 생겼습니다. 시작한 일에 대해서는 책임을 지고 싶었기에 중간에 멈추는 것을 원하지 않았습니다. 그래서 우선순위를 정해 차근차근 해결하기로 했습니다. 그러던 중 가치 있는 발명을 하기 위해서는 그만큼의 학업능력이 바탕이 되어야 한다는 사실을 깨달았습니다. 그 후 학업을 1순위로 정하고 차근차근 과제를 해결했습니다. 수행평가는 당일 마무리를 원칙으로 절대 학업을 뒤로 미루지 않았습니다. 발명활동을 하느라 공부할 시간이 부족할 때면 잠을 줄이며 공부했습니다. 이렇게 우선순위를 결정하여 문제를 해결하니 전 학년 우등상을 받을 수 있었습니다. 또한, 또 다른 어려움이 생겨도 효율적으로 처리하는 방법을 깨달아 과제처리 능률이 오르게 되었습니다.

둘째, '심화된 학습'을 할 수 있도록 해주었습니다. 공업입문시간 생산 및 자재관리에 대해 자료를 조사하여 발표하였습니다. 발표 후 실제 산업에 사용되는 구체적인 사례를 알고 싶어 도요타 자동차조립공장을 조사해보았습니다.

도요타에서 한 라인에서 여러 종류의 차를 생산하는 혼류방식을 이용했고, JIT(Just In Time) 경영 방식을 통해 필요한 부품만을 확보하며 생산했습니다. 자동차를 만들 때 당연히 한 라인에서 한 가지 종류의 차만 생산한다고 상상하고, 많은 부품을 한 번에 주문한다고 생각했던 저에게는 충격으로 다가왔습니다. 실제 산업에 산업공학이 이용되는 모습을 보고 효율적 경영관리의 중요성을 다시 한 번 느끼게 되었습니다.

2. 고등학교 재학 기간 중 본인이 의미를 두고 노력했던 교내 활동을 배우고 느낀 점을 중심으로 3개 이내로 기술해 주시기 바랍니다. 단, 교외 활동중 학교장의 허락을 받고 참여한 활동은 포함됩니다(1,500자 이내).

··· **1. 교내 기업과 함께하는 직무발명프로젝트**

"어렸을 적 레고 블록을 가지고 장난감을 만들었던 기억이 있으신가요?" Neobot은 레고 블록으로 로봇을 만들고, 그 후에 직접 프로그래밍 하여 전자에 흥미를 느낄 수 있도록 하는 교육 로봇의 이름입니다. 기존 Neobot에는 프로그래밍 제어 시, 책과 같은 부수적인 물품을 소지해야 하는 문제점이 있었습니다. 위와 같은 문제를 어플의 명령에 따라 동작이 수행되도록 컨트롤러를 구비하여 해결하였습니다. 이후 특허출원을 했고 해당 특허를 기업에 기술이전 시켰습니다.

기술이전을 통해 열정이 가지는 위대함을 경험했습니다. 열정이 없었다면 기술이전을 하지 못했을 것입니다. 문제점을 개선하는 과정 속 몇 번이고 새로운 개선방법을 찾아야 했습니다. 때문에 지쳐갔지만, 열정으로 다시 힘을 낼 수 있었습니다. 그리고 끝까지 포기하지 않았다는 사실에 뿌듯했습니다. 더욱 뜻깊은 것은 기술 이전비 전액을 저소득층 아이들의 발명교육을 위해 기부한 것입니다. 앞으로 더욱 가치 있는 기술을 발명하여 국가산업발전에 기여하고 싶습니다.

… 2. 차세대영재기업인

저의 꿈은 기술기반의 창의적인 CEO가 되는 것입니다. 이에 경희대학교 산업경영공학과는 저에게 최적화된 환경이라 생각합니다. 공학적 지식과 경영을 접목하여 산업을 지휘하는 산업공학과는 충분한 매력으로 다가왔고, 꿈을 이룰 수 있는 발판이 되어줄 것이라는 확신을 가지게 했습니다. 그러던 중 차세대영재기업인 교육을 알게 되었습니다. 시대의 흐름과 창업에 대해 체계적인 교육을 받을 수 있다고 생각해 학교장의 추천을 받아 편입을 지원했습니다. 스스로 공부하고 싶어 시작했지만 많은 과제를 수행해야만 했던 1년간의 편입준비는 힘들었습니다. 무엇보다 사람들의 핀잔이 있었습니다. 특성화고 학생이 어떻게 우수한 학생 사이에서 공부할 수 있겠냐는 것이었습니다. 하지만 사람들의 편견 속 편입에 합격했고, 매우 우수하게 수료할 수 있었습니다. 2년간의 교육을 통해 효율적 기업운영능력을 배우고, 사업계획서도 작성해보며 생각하는 그릇이 넓어졌습니다. 가장 성장할 수 있었던 것은 편견을 이길 수 있는 힘을 가지게 된 것입니다.

… 3. 긍정에너지의 힘

저는 경영자가 가져야 할 덕목을 갖추기 위해 본교 발명교실 수료식의 책임을 맡아 진행했습니다. 친구들의 의견을 통합한 결과 기존의 딱딱한 수료식과는 다르게 웃으며 마무리할 수 있는 수료식을 만들기로 계획했습니다. 난타, 댄스동아리를 섭외해 친구들의 재능을 발휘할 수 있도록 준비했습니다. 또한, 선생님의 양해를 구해 연습실 사용을 허락받아 동아리 친구들이 더욱 적극적으로 준비할 수 있도록 도왔습니다. 수료식 책임을 맡으며 경영자에게 '긍정에너지'는 필수 덕목이라고 생각하게 되었습니다. 먼저 적극적으로 친구들의 의견을 묻고, 더 좋은 환경을 제공하기 위해 노력했습니다. 그 후 이러한 긍정 에너지는 점점 널리 모든 친구들에게 퍼져갔습니다. 덕분에 모두가 즐기며 준비할 수 있었고, 성공적으로 수료식을 마무리할 수 있었습니다.

3. 학교생활 중 배려, 나눔, 협력, 갈등 관리 등을 실천한 사례를 들고, 그 과정을 통해 배우고 느낀 점을 기술해 주시기 바랍니다(1,000자 이내).

… 1. 배려 나눔을 실천한 재능기부 봉사활동

친구들과 'Glocal Bridge' 인재양성협회 봉사단체를 만들고, 회장을 맡아 매주 저소득층 아이들에게 발명품으로부터 배우는 과학적 원리를 수업했습니다. 첫 시간 척력과 인력에 대해 설명해주고, 자기부상 볼펜 팽이를 만들었습니다. 자석 사이에서 돌아가는 팽이를 보며 아이들은 신기해하였습니다. 그로부터 얼마 후 저에게 수업을 듣는 한 아이의 이야기를 들을 수 있었습니다. 그 아이는 처음 만났을 때 이름을 물어도 대답해주지 않을 정도로 소극적이었습니다. 그런데 그 아이가 학교 과학 시간에 인력과 척력을 공부했는데, 이미 자기부상 볼펜 팽이를 만들며 배운 내용이어서 선생님의 질문에 손을 들고 대답했다는 것이었습니다. 이 말을 듣고 말로 표현하기 어려운 감동을 받았습니다. 저의 재능이 다른 사람에게 도움된다는 사실에 뿌듯했고, 즐거움을 느낄 수 있었습니다. 또한, 나눔이란 결코 물질적인 것이 아니라는 말을 이해하게 되었습니다.

… 2. 갈등은 3점 축구와 함께 사라지다.

1학년 때의 일입니다. 체육 자유시간만 주어지면 갈등이 생겼습니다. 남자들은 축구를 원했고, 여자들은 배드민턴을 원했습니다. 학기 초에는 항상 따로 시간을 보냈습니다. 그 후 부회장으로 선정되어 남자 회장과 함께 아침조회시간을 이용하여 함께 운동할 수 있는 방법을 토론하였습니다. 그 결과 여자들이 골을 넣으면 3점을, 한 달에 한 번은 여자들이 원하는 운동을 하게 되었습니다. 함께 운동하는 것을 망설였던 이유는 여자들이 같이하면 방해가 된다며 남자들이 싫어할 것이라는 오해 때문입니다. 하지만 남자들은 여자들이 적극적으로 골을 넣어 역전도 되어 더욱 긴장되는 경기가 되었다고 말해주었습니다.

함께 운동할 수 있는 방법을 찾으며 사람들의 생각을 모으는 합심이 중요하다는 것을 깨달았습니다. 서로간의 대화는 이해를 돕지만 대화를 하지 않으면 오해가 되는 것 같습니다. 또한, 적극적인 태도는 서로를 하나로 만들어주는 원동력이 되는 것 같습니다.

4. [대학 자율문항] 지원자의 교육환경(가족, 학교, 지역 등)이 성장 과정에 미친 영향과 지원학과에 지원한 동기, 입학 후 학업(진로) 계획에 대해 기술하세요(1,500자 이내).

"지나가 버린 어린 시절엔 날아가는 예쁜 꿈을 꾸었지~" 다섯 손가락의 풍선이라는 노래에 나오는 가사 일부분입니다. 가사처럼 어렸을 적 저는 예쁜 꿈이 참 많았습니다. 부모님께서는 어린 시절 미술, 피아노, 발레, 수영, 마라톤 등 다양한 활동을 직접 경하고 느낄 수 있도록 도와주셨습니다. 덕분에 화가, 발레리나 등 다양한 꿈을 꾸며 자라왔습니다. 이러한 경험은 제가 좋아하는 일이 무엇인지 잘하는 것이 무엇인지 정확히 깨닫게 해주었습니다. 발명은 가장 좋아하고 잘하는 것입니다. 제49회 발명의날 기념식에서는 당회 최연소로 정부에서 경쟁력을 인정받았습니다.

저는 제 발명품을 통해 사람들의 불편함이 해소되고, 더 편리한 삶을 살 수 있게 하는 기술기반의 CEO가 되고 싶습니다. 하지만 오늘날과 같이 빠르게 변화하는 시대에서 공학 혹은 경영만 아는 CEO는 살아남기 힘들다고 생각합니다. 그래서 저는 공학에 대한 이해와 함께경영학적 마인드를 동시에 배울 수 있는 산업경영공학과에 지원했습니다. 많은 산업경영공학과중 경희대학교에 지원하게 된 동기는 경희대학교 산업경영공학과 진창호 교수님의 '소비자도 모르는 욕망, 빅데이터는 안다'라는 인터뷰 기사를 본 후입니다. 진창호 교수님은 두가지 이상의 데이터를 융합하는 MASH UP을 강조하였습니다. 이것을 보고 경희대학교와 저는 천생연분이라 느꼈습니다. 저 또한 창업과 경영시간 사업계획서를 작성하라는 과제를 수행할 때 빅데이터 MASH UP을 이용했기 때문입니다. 빅데이터 중 공공데이터를 이용한 사업아이템을 기획했습니다. 〈경찰청의 교통알림e〉, 〈서울 열린 데이터 광장의 제설함 위치〉의 빅데이터를 MASH UP하여 사고의 원인과 제설함의 위치를 알려주는 어플을 개발했습니다. 빅데이터 MASH UP은 기존의 정보를 이용한다는 것과 적은 자본으로 창업을 시작 할수 있다는 것에 매력이 있는 것 같습니다.

경희대학교 입학 후 창업에 도전하고 싶습니다. 하지만 창업을 위해서는 충분한 전문성을 갖추어야 한다고 생각하기 때문에 4년간 학업에 충실할 것입니다. 공학수학, 화학 등 기초학업능력에 지식을 쌓은 후 데이터마이닝과 기술경영과 같은 학문을 중심으로 실제적인 전문성을 쌓고 싶습니다. 또한, 창업동아리 '유니어즈'에 가입하여 선배들의 창업 이야기와 조언을 들으며 창업 감각을 익히고 싶습니다. 그 후 전공공부와 창업동아리를 통해 배운 것을 바탕으로 빅데이터를 이용한 창업에 도전할 것입니다. 저는 변화를 두려워하지 않고 새로운 아이디어를 창출할 수 있는 능력을 가진 사람입니다. 또한, 확실한 꿈이 있기 때문에 포기하지 않을 자신이 있습니다. 저는 반드시 천생연분 경희대학교를 빛낼 인재가 될 것입니다.

서울과학기술대학교 / 글로벌융합산업공학과 / 특성화고특별전형

1. 고등학교 재학 기간 중 학업에 기울인 노력과 학습 경험에 대해, 배우고 느낀 점을 중심으로 기술해 주시기 바랍니다(1,000자 이내).

저에게 발명은 부모님과 같습니다. 고등학교 입학 후 발명·특허를 배우며 발명은 부모님이 자식을 옳은 길로 인도하는 것처럼 저를 도와주었습니다.

첫째, '일의 우선순위를 결정하여 해결하는 법'을 알게 해주었습니다. 처음에는 발명을 하는 것만으로 행복했습니다. 하지만 발명을 하다 보니 특허출원을 하고 싶은 욕심이 생기고, 다양한 활동을 경험하고 싶어졌습니다. 이렇게 욕심을 내다보니 해야 하는 일은 쌓여만 갔습니다. 결국, 나중에는 어느 것을 먼저 해결해야 하는지, 학업은 언제 신경을 써야 하는지 고민이 생겼습니다. 시작한 일에 대해서는 책임을 지고 싶었기에 중간에 멈추는 것을 원하지 않았습니다. 그래서 우선순위를 정해 차근차근 해결하기로 했습니다. 그러던 중 가치 있는 발명을 하기 위해서는 그만큼의 학업능력이 바탕이 되어야 한다는 사실을 깨달았습니다. 그 후 학업을 1순위로 정하고 차근차근 과제를 해결했습니다. 수행평가는 당일 마무리를 원칙으로 절대 학업을 뒤로 미루지 않았습니다. 발명 활동을 하느라 공부할 시간이 부족할 때면 잠을 줄이며 공부했습니다. 이렇게 우선순위를 결정하여 문제를 해결하니 전 학년 우등상을 받을 수 있었습니다. 또한, 또 다른 어려움이 생겨도 효율적으로 처리하는 방법을 깨달아 과제처리 능률이 오르게 되었습니다.

둘째, '심화된 학습'을 할 수 있도록 해주었습니다. 공업입문시간 생산 및 자재관리에 대해 자료를 조사하여 발표하였습니다. 발표 후 실제 산업에 사용되는 구체적인 사례를 알고 싶어 도요타 자동차조립공장을 조사해보았습니다. 도요타에서 한 라인에서 여러 종류의 차를 생산하는 혼류방식을 이용했고, JIT(Just In Time) 경영 방식을 통해 필요한 부품만을 확보하며 생산했습니다. 자동차를 만들 때 당연히 한 라인에서 한 가지 종류의 차만 생산한다고 상상하고, 많은 부품을 한 번에 주문한다고 생각했던 저에게는 충격으로 다가왔습니다. 실제 산업에 산업공학이 이용되는 모습을 보고 효율적 경영관리의 중요성을 다시 한 번 느끼게 되었습니다.

2. 고등학교 재학 기간 중 본인이 의미를 두고 노력했던 교내 활동을 배우고 느낀 점을 중심으로 3개 이내로 기술해 주시기 바랍니다. 단, 교외 활동중 학교장의 허락을 받고 참여한 활동은 포함됩니다(1,500자 이내).

… 1. 교내 기업과 함께하는 직무발명프로젝트

"어렸을 적 레고 블록을 가지고 장난감을 만들었던 기억이 있으신가요?" Neobot은 레고 블록으로 로봇을 만들고, 그 후에 직접 프로그래밍 하여 전자에 흥미를 느낄 수 있도록 하는 교육 로봇의 이름입니다. 기존 Neobot에는 프로그래밍 제어 시, 책과 같은 부수적인 물품을 소지해야 하는 문제점이 있었습니다. 위와 같은 문제를 어플의 명령에 따라 동작이 수행되도록 컨트롤러를 구비하여 해결하였습니다. 이후 특허출원을 했고 해당 특허를 기업에 기술이전 시켰습니다.

기술이전을 통해 열정이 가지는 위대함을 경험했습니다. 열정이 없었다면 기술이전을 하지 못했을 것입니다. 문제점을 개선하는 과정 속 몇 번이고 새로운 개선방법을 찾아야 했습니다. 때문에 지쳐갔지만, 열정으로 다시 힘을 낼 수 있었습니다. 그리고 끝까지 포기하지 않았다는 사실에 뿌듯했습니다. 더욱 뜻깊은 것은 기술 이전비 전액을 저소득층 아이들의 발명교육을 위해 기부한 것입니다. 앞으로 더욱 가치 있는 기술을 발명하여 국가산업발전에 기여하고 싶습니다.

… 2. 차세대영재기업인

저의 꿈은 기술기반의 창의적인 CEO가 되는 것입니다. 이에 경희대학교 산업경영공학과는 저에게 최적화된 환경이라 생각합니다. 공학적 지식과 경영을 접목하여 산업을 지휘하는 산업공학과는 충분한 매력으로 다가왔고, 꿈을 이룰 수 있는 발판이 되어줄 것이라는 확신을 가지게 했습니다. 그러던 중 차세대영재기업인 교육을 알게 되었습니다. 시대의 흐름과 창업에 대해 체계적인 교육을 받을 수 있다고 생각해 학교장의 추천을 받아 편입을 지원했습니다. 스스로 공부하고 싶어 시작했지만 많은 과제를 수행해야만 했던 1년간의 편입 준비는 힘들었습니다. 무엇보다 사람들의 핀잔이 있었습니다. 특성화고 학생이 어떻게 우수한 학생사이에서 공부를 할 수 있겠냐는 것이었습니다. 하지만 사람들의 편견 속 편입에 합격했고, 매우 우수하게 수료할 수 있었습니다. 2년간의 교육을 통해 효율적 기업운영능력을 배우고, 사업계획서도 작성해보며 생각하는 그릇이 넓어졌습니다. 가장 성장할 수 있었던 것은 편견을 이길 수 있는 힘을 가지게 된 것입니다.

… 3. 긍정에너지의 힘

저는 경영자가 가져야 할 덕목을 갖추기 위해 본교 발명교실 수료식의 책임을 맡아 진행했습니다. 친구들의 의견을 통합한 결과 기존의 딱딱한 수료식과는 다르게 웃으며 마무리할 수 있는 수료식을 만들기로 계획했습니다. 난타,

댄스동아리를 섭외해 친구들의 재능을 발휘할 수 있도록 준비했습니다. 또한, 선생님의 양해를 구해 연습실 사용을 허락받아 동아리 친구들이 더욱 적극적으로 준비할 수 있도록 도왔습니다. 수료식 책임을 맡으며 경영자에게 '긍정에너지'는 필수 덕목이라고 생각하게 되었습니다. 먼저 적극적으로 친구들의 의견을 묻고, 더 좋은 환경을 제공하기 위해 노력했습니다. 그 후 이러한 긍정에너지는 점점 널리 모든 친구들에게 퍼져갔습니다. 덕분에 모두가 즐기며 준비할 수 있었고, 성공적으로 수료식을 마무리할 수 있었습니다.

3. 학교생활 중 배려, 나눔, 협력, 갈등 관리 등을 실천한 사례를 들고, 그 과정을 통해 배우고 느낀 점을 기술해 주시기 바랍니다(1000자 이내).

··· 1. 배려 나눔을 실천한 재능기부 봉사활동

친구들과 'Glocal Bridge' 인재양성협회 봉사단체를 만들고, 회장을 맡아 매주 저소득층 아이들에게 발명품으로부터 배우는 과학적 원리를 수업했습니다. 첫 시간 척력과 인력에 대해 설명해주고, 자기부상 볼펜 팽이를 만들었습니다. 자석 사이에서 돌아가는 팽이를 보며 아이들은 신기해하였습니다. 그로부터 얼마 후 저에게 수업을 듣는 한 아이의 이야기를 들을 수 있었습니다. 그 아이는 처음 만났을 때 이름을 물어도 대답해주지 않을 정도로 소극적이었습니다. 그런데 그 아이가 학교 과학 시간에 인력과 척력을 공부했는데, 이미 자기부상 볼펜 팽이를 만들며 배운 내용이어서 선생님의 질문에 손을 들고 대답했다는 것이었습니다. 이 말을 듣고 말로 표현하기 어려운 감동을 받았습니다. 저의 재능이 다른 사람에게 도움된다는 사실에 뿌듯했고, 즐거움을 느낄 수 있었습니다. 또한, 나눔이란 결코 물질적인 것이 아니라는 말을 이해하게 되었습니다.

··· 2. 갈등은 3점 축구와 함께 사라지다.

1학년 때의 일입니다. 체육 자유시간만 주어지면 갈등이 생겼습니다. 남자들은 축구를 원했고, 여자들은 배드민턴을 원했습니다. 학기 초에는 항상 따로 시간을 보냈습니다. 그 후 부회장으로 선정되어 남자 회장과 함께 아침조회시간을 이용하여 함께 운동할 수 있는 방법을 토론하였습니다. 그 결과 여자들이 골을 넣으면 3점을, 한 달에 한 번은 여자들이 원하는 운동을 하게 되었습니다. 함께 운동하는 것을 망설였던 이유는 여자들이 같이하면 방해가 된다며 남자들이 싫어할 것이라는 오해 때문입니다. 하지만 남자들은 여자들이 적극적으로 골을 넣어 역전도 되어 더욱 긴장되는 경기가 되었다고 말해주었습니다.

함께 운동할 수 있는 방법을 찾으며 사람들의 생각을 모으는 합심이 중요하다는 것을 깨달았습니다. 서로간의 대화는 이해를 돕지만 대화를 하지 않으면 오해가 되는 것 같습니다. 또한, 적극적인 태도는 서로를 하나로 만들어주는 원동력이 되는 것 같습니다.

4. 고등학교 재학기간중 모집단위와 관련된 노력(교과 및 비교과)을 중심으로 본교가 귀 지원자를 선발해야하는 이유를 기술해 주시기 바랍니다(1,000자 이내).

저는 제 발명품을 통해 사람들의 불편함이 해소되고, 더 편리한 삶을 살 수 있게 하는 기술기반의 CEO가 되고 싶습니다. 하지만 오늘날과 같이 빠르게 변화하는 시대에서 공학 혹은 경영만 아는 CEO는 살아남기 힘들다고 생각합니다. 그래서 저는 공학에 대한 이해와 함께 경영학적 마인드를 동시에 배울 수 있는 글로벌융합산업공학과에 지원했습니다. 고등학교를 재학하며 공학과 경영학적 마인드를 동시에 갖춘 융합형 인재가 되기 위해 노력했습니다.

첫째, CEO가 되었을 때 기업 운영상의 문제를 효율적으로 해결하기 위해 '창의적인 접근'을 하려 노력했습니다. 저는 유독 점수가 잘 나오지 않는 과학 과목에 접근하는 것이 두려웠습니다. 두려움을 극복하기 위해 호기심을 가지는 것이 중요하다고 생각했습니다. 그래서 발명품으로부터 과학적 원리를 찾는 역발상방법으로 과학에 접근하였습니다. 이렇게 좋아하는 발명을 이용해 과학을 이해하려고 노력하니 두려움을 극복할 수 있었습니다.

둘째, 환경변화에 유연하게 대처하기 위해 '신문 읽는 습관'을 갖추었습니다. 시대의 흐름을 포착하는 것은 매우 중요하다고 생각합니다. 그래서 밥을 먹으며 신문 읽는 습관을 기르기 위해 노력했습니다. 키워드를 중심으로 읽으며 시대가 원하는 인재상과 미래기술에 대해 이해하는 능력과 함께 통찰력을 키울 수 있었습니다.

셋째, 지식재산권 시대에 '발명·특허로의 경쟁력'을 갖추기 위해 노력했습니다. 저는 명세서를 작성하고, CAD와 Soildworks, 구글 스케치업을 통해 도면을 그려 스스로 특허출원할 수 있을 정도의 능력을 갖추어 특허등록 및 출원을 대비하였습니다. 또한, 권리범위가 인정되는 청구항과 같은 특허법에 대해서도 학습을 하여 미래의 특허전쟁 시대를 대비할 수 있는 경쟁력을 키웠습니다.

저는 변화를 두려워하지 않고 새로운 아이디어를 창출할 수 있는 능력을 가진 사람입니다. 또한, 꿈이 있기 때문에 포기하지 않을 자신 있습니다. 이러한 확실한 목표가 있는 저를 귀교는 꼭 선발해야 한다고 생각합니다.

건국대학교 / 산업공학과 / KU고른기회전형 (유형4특성화고교출신자)

1. 고등학교 재학 기간 중 학업에 기울인 노력과 학습 경험에 대해, 배우고 느낀 점을 중심으로 기술해 주시기 바랍니다(1,000자 이내).

저에게 발명은 부모님과 같습니다. 고등학교 입학 후 발명·특허를 배우며 발명은 부모님이 자식을 옳은 길로 인도하는 것처럼 저를 도와주었습니다.

첫째, '일의 우선순위를 결정하여 해결하는 법'을 알게 해주었습니다. 처음에는 발명을 하는 것만으로 행복했습니다. 하지만 발명을 하다 보니 특허출원을 하고 싶은 욕심이 생기고, 다양한 활동을 경험하고 싶어졌습니다. 이렇게 욕심을 내다보니 해야 하는 일은 쌓여만 갔습니다. 결국, 나중에는 어느 것을 먼저 해결해야 하는지, 학업은 언제 신경을 써야 하는지 고민이 생겼습니다. 시작한 일에 대해서는 책임을 지고 싶었기에 중간에 멈추는 것을 원하지 않았습니다. 그래서 우선순위를 정해 차근차근 해결하기로 했습니다. 그러던 중 가치 있는 발명을 하기 위해서는 그만큼의 학업능력이 바탕이 되어야 한다는 사실을 깨달았습니다. 그 후 학업을 1순위로 정하고 차근차근 과제를 해결했습니다. 수행평가는 당일 마무리를 원칙으로 절대 학업을 뒤로 미루지 않았습니다. 발명활동을 하느라 공부할 시간이 부족할 때면 잠을 줄이며 공부했습니다. 이렇게 우선순위를 결정하여 문제를 해결하니 전 학년 우등상을 받을 수 있었습니다. 또한, 또 다른 어려움이 생겨도 효율적으로 처리하는 방법을 깨달아 과제처리 능률이 오르게 되었습니다.

둘째, '심화된 학습'을 할 수 있도록 해주었습니다. 공업입문시간 생산 및 자재관리에 대해 자료를 조사하여 발표하였습니다. 발표 후 실제 산업에 사용되는 구체적인 사례를 알고 싶어 도요타 자동차조립공장을 조사해보았습니다. 도요타에서 한 라인에서 여러 종류의 차를 생산하는 혼류방식을 이용했고, JIT(Just In Time) 경영 방식을 통해 필요한 부품만을 확보하며 생산했습니다. 자동차를 만들 때 당연히 한 라인에서 한 가지 종류의 차만 생산한다고 상상하고, 많은 부품을 한 번에 주문한다고 생각했던 저에게는 충격으로 다가왔습니다. 실제 산업에 산업공학이 이용되는 모습을 보고 효율적 경영관리의 중요성을 다시 한 번 느끼게 되었습니다.

2. 고등학교 재학 기간 중 본인이 의미를 두고 노력했던 교내 활동을 배우고 느낀 점을 중심으로 3개 이내로 기술해 주시기 바랍니다. 단, 교외활동 중 학교장의 허락을 받고 참여한 활동은 포함됩니다(1,500자 이내).

… 1. 교내 기업과 함께하는 직무발명프로젝트

"어렸을 적 레고 블록을 가지고 장난감을 만들었던 기억이 있으신가요?" Neobot은 레고 블록으로 로봇을 만들고, 그 후에 직접 프로그래밍 하여 전자에 흥미를 느낄 수 있도록 하는 교육 로봇의 이름입니다. 기존 Neobot에는 프로그래밍 제어 시, 책과 같은 부수적인 물품을 소지해야 하는 문제점이 있었습니다. 위와 같은 문제를 어플의 명령에 따라 동작이 수행되도록 컨트롤러를 구비하여 해결하였습니다. 이후 특허출원을 했고 해당 특허를 기업에 기술이전 시켰습니다.

기술이전을 통해 열정이 가지는 위대함을 경험했습니다. 열정이 없었다면 기술이전을 하지 못했을 것입니다. 문제점을 개선하는 과정 속 몇 번이고 새로운 개선방법을 찾아야 했습니다. 때문에 지쳐갔지만, 열정으로 다시 힘을 낼 수 있었습니다. 그리고 끝까지 포기하지 않았다는 사실에 뿌듯했습니다. 더욱 뜻깊은 것은 기술 이전비 전액을 저소득층 아이들의 발명교육을 위해 기부한 것입니다. 앞으로 더욱 가치 있는 기술을 발명하여 국가산업발전에 기여하고 싶습니다.

… 2. 차세대영재기업인

저의 꿈은 기술기반의 창의적인 CEO가 되는 것입니다. 이에 건국대학교 산업공학과는 저에게 최적화된 환경이라 생각합니다. 공학적 지식과 경영을 접목하여 산업을 지휘하는 산업공학과는 충분한 매력으로 다가왔고, 꿈을 이룰 수 있는 발판이 되어줄 것이라는 확신을 가지게 했습니다. 그러던 중 차세대영재기업인 교육을 알게 되었습니다. 시대의 흐름과 창업에 대해 체계적인 교육을 받을 수 있다고 생각해 학교장의 추천을 받아 편입을 지원했습니다. 스스로 공부하고 싶어 시작했지만 많은 과제를 수행해야만 했던 1년간의 편입준비는 힘들었습니다. 무엇보다 사람들의 핀잔이 있었습니다. 특성화고 학생이 어떻게 우수한 학생 사이에서 공부할 수 있겠냐는 것이었습니다. 하지만 사람들의 편견 속 편입에 합격했고, 매우 우수하게 수료할 수 있었습니다. 2년간의 교육을 통해 효율적 기업운영능력을 배우고, 사업계획서도 작성해보며 생각하는 그릇이 넓어졌습니다. 가장 성장할 수 있었던 것은 편견을 이길 수 있는 힘을 가지게 된 것입니다.

… 3. 긍정에너지의 힘

저는 경영자가 가져야 할 덕목을 갖추기 위해 본교 발명교실 수료식의 책임을 맡아 진행했습니다. 친구들의 의견을 통합한 결과 기존의 딱딱한 수료식과는 다르게 웃으며 마무리할 수 있는 수료식을 만들기로 계획했습니다. 난타, 댄스동아리를 섭외해 친구들의 재능을 발휘할 수 있도록 준비했습니다. 또한, 선생님의 양해를 구해 연습실 사용을 허락받아 동아리 친구들이 더욱 적극적으로 준비할 수 있도록 도왔습니다. 수료식 책임을 맡으며 경영자에게 '긍정 에너지'는 필수 덕목이라고 생각하게 되었습니다. 먼저 적극적으로 친구들의 의견을 묻고, 더 좋은 환경을 제공하기 위해 노력했습니다. 그 후 이러한 긍정 에너지는 점점 널리 모든 친구들에게 퍼져갔습니다. 덕분에 모두가 즐기며 준비할 수 있었고, 성공적으로 수료식을 마무리할 수 있었습니다.

3. 학교생활 중 배려, 나눔, 협력, 갈등 관리 등을 실천한 사례를 들고, 그 과정을 통해 배우고 느낀 점을 기술해 주시기 바랍니다(1,000자 이내).

… 1. 배려 나눔을 실천한 재능기부 봉사활동

친구들과 'Glocal Bridge' 인재양성협회 봉사단체를 만들고, 회장을 맡아 매주 저소득층 아이들에게 발명품으로부터 배우는 과학적 원리를 수업했습니다. 첫 시간 척력과 인력에 대해 설명해주고, 자기부상 볼펜 팽이를 만들었습니다. 자석 사이에서 돌아가는 팽이를 보며 아이들은 신기해하였습니다. 그로부터 얼마 후 저에게 수업을 듣는 한 아이의 이야기를 들을 수 있었습니다. 그 아이는 처음 만났을 때 이름을 물어도 대답해주지 않을 정도로 소극적이었습니다. 그런데 그 아이가 학교 과학 시간에 인력과 척력을 공부했는데, 이미 자기부상 볼펜 팽이를 만들며 배운 내용이어서 선생님의 질문에 손을 들고 대답했다는 것이었습니다. 이 말을 듣고 말로 표현하기 어려운 감동을 받았습니다. 저의 재능이 다른 사람에게 도움된다는 사실에 뿌듯했고, 즐거움을 느낄 수 있었습니다. 또한, 나눔이란 결코 물질적인 것이 아니라는 말을 이해하게 되었습니다.

… 2. 갈등은 3점 축구와 함께 사라지다.

1학년 때의 일입니다. 체육 자유시간만 주어지면 갈등이 생겼습니다. 남자들은 축구를 원했고, 여자들은 배드민턴을 원했습니다. 학기 초에는 항상 따로 시간을 보냈습니다. 그 후 부회장으로 선정되어 남자 회장과 함께 아침조회시간을 이용하여 함께 운동할 수 있는 방법을 토론하였습니다. 그 결과 여자들이 골을 넣으면 3점을, 한 달에 한 번은 여자들이 원하는 운동을 하게 되었습니다. 함께 운동하는 것을 망설였던 이유는 여자들이 같이하면 방해가 된다며 남자들이 싫어할 것이라는 오해 때문입니다. 하지만 남자들은 여자들이 적극적으로 골을 넣어 역전도 되어 더욱 긴장되는 경기가 되었다고 말해주었습니다.

함께 운동할 수 있는 방법을 찾으며 사람들의 생각을 모으는 합심이 중요하다는 것을 깨달았습니다. 서로간의 대화는 이해를 돕지만 대화를 하지 않으면 오해가 되는 것 같습니다. 또한, 적극적인 태도는 서로를 하나로 만들어주는 원동력이 되는 것 같습니다.

☆ ☆ ☆

혜린이의 합격 자기소개서

건국대학교 / 산업경영공학과 / KU고른기회(유형4특성화고교출신자)

---

1. 고등학교 재학 기간 중 학업에 기울인 노력과 학습 경험에 대해, 배우고 느낀 점을 중심으로 기술하기 바랍니다.

발명·특허 특성화고로의 진학은 '무모한 도전'이었습니다. 모두들 인문계로 진학하여 공부만 열심히 하라고 하셨습니다. 하지만 전 창의성 교육과 발명이 좋았기 때문에 진학을 결정하였습니다. 그때부터 모든 고교 생활은 무모한 도전의 연속이었습니다.

첫째, 입학부터 도전이었습니다. 고1, 기술 기반의 창의적인 기업가를 양성하는 KAIST 차세대 영재기업인 교육원을 알게 되었고, 반드시 교육을 받고 싶어 편입을 지원했습니다. 전국에서 이뤄지는 편입은 엄청난 경쟁률을 뚫어야 했습니다. 더불어 최신 기술과 창의력을 요구하는 수준 높은 과제를 해결해야 했습니다. 교육원엔 특목고 학생들이 수두룩했지만, 특성화고 학생도 가능하다는 것을 증명하고 싶었습니다. 1년간 과제를 전부 A를 받고 합격하였습니다. 도전하고 혹독하게 노력하면 무엇이든 가능하다는 것을 깨달았습니다. 2년간 융합교육을 통해 다양한 경험을 하며 우수하게 수료하였습니다. 생각이 현실이 되는 교육은 2년간 제 가슴을 뛰게 해주었습니다.

둘째, 영어시험에 대한 도전입니다. 우리 학교는 3개 학과로 한 학과당 70명 남짓이라, 학과 안에서 주어진 1등급의 명예는 3명뿐이었습니다. 영어 점수는 항상 제자리였습니다. 변수는 듣기 시험이었습니다. 기회는 한 번뿐 이었고, 왜인지 1.5배속으로 들린다는 친구들이 많을 만큼 속도가 빨랐습니다. 듣기보다 읽기가 먼저 되어야 한다고 생각했습니다. 강세, 연음법칙 등 영어의 발음 법칙을 공부하고 유사 단어의 발음 차이를 구별하였습니다. 후 1.7배속으로 설정해 매일 듣고 받아쓰기를 진행하며, 잘못된 발음과 모르는 단어를 정리했습니다. 심화된 공부를 위해 TED와 같은 명사들의 연설을 들으며 한계를 뛰어넘는 공부에 도전했습니다. 그 결과 3학년 1학기 2번의 영어시험에서 단독 만점을 받을 수 있었습니다. 단지 듣기만 했더라면 좋은 결과를 얻지 못했으리라 생각합니다. 문제를 분석하고 원인을 찾는 것이 중요하다는 것과 기본을 다지고 차차 실력을 쌓는 것이 참된 도리라는 것을 배웠습니다.

2. 고등학교 재학 기간 중 본인이 의미를 두고 노력했던 교내 활동을 배우고 느낀 점을 중심으로 3개 이내로 기술해 주시기 바랍니다. 단, 교외 활동 중 학교장의 허락을 받고 참여한 활동은 포함됩니다(1,500자 이내).

… **직무발명, 기술이전**

학교와 MOU를 맺은 '네오피아'는 레고로 로봇을 만들고, 직접 프로그래밍까지 가능한 로봇 교구 '네오봇'을 제조 판매하는 기업입니다. 네오봇 연구 결과 프로그래밍 과정에서 카드와 같은 부수적인 부품이 필요하고, 그 단계가 복잡하다는 것이 단점이었습니다. 팀을 꾸려 '기업과 함께 하는 직무발명 프로젝트'에 참여하였고, 해결법으로 스마트폰 앱을 구상하였습니다. 앱은 프로그래밍을 하여 로봇의 조종까지 가능합니다. 앱의 프로토타입도 만들고, 시연 동영상도 제작하여 기업의 CEO 앞에서 발표하였습니다. 이를 특허출원하였고, 기업에 기술이전할 수 있었습니다. 기업이 해결하지 못하는 아이디어를 낸다는 건 쉽지 않은 일이었습니다. 밤낮없이 로봇을 연구하고 아이디어를 계속 개선하며, 기술이전은 꿈만 같은 일이었습니다. 하지만 이뤄내며 이는 열정의 힘이었다고 생각합니다. 기업으로부터 받은 기술이전비는 저소득층 아이들의 창의교육을 위해 전액 기부하여 더욱 값진 일이었습니다. 앞으로도 가치 있는 발명으로 산업 발전에 이바지할 것입니다.

··· New 路 마케팅 논문

뉴로 마케팅은 백지에서 논문까지, 새로운 길을 개척하는 힘을 길러주었습니다. 뉴로 마케팅이란 소비자의 무의식에 침투해 구매를 촉진하는 광고 법으로 기존에 알던 마케팅과는 달랐습니다. 관련 기법인 '서브리미널 효과'는 인간이 쉽게 인지할 수 없는 음향, 문구 등을 영상이나 그림 광고에 삽입해 뇌의 잠재의식에 영향을 미치는 효과입니다. 이 효과가 '실제 소비자의 선택에 영향을 미치는가'를 증명하고 싶었습니다. 관심 있는 친구들을 모았지만 모두 뇌 과학이나 마케팅에 대한 기초지식이 없는 '백지 상태'였습니다. 5가지 실험의 프로토콜을 짜고, 실험에 돌입했지만 정확한 결과는 마지막 실험뿐이었습니다. 실험 실패 원인은 실험자에 대한 통제변인을 제대로 하지 못한 것이었습니다. 수많은 시행착오가 있었기 때문에 마지막 실험에서 정확한 결과가 나왔으리라 생각합니다. 결론은 '소비자가 앞부분에 광고 및 제품을 접하는 것이 무의식적으로 기억에 오래 남는다'였고, 정리하여 논문을 썼습니다. 알고자 하고 하고자 하는 의지가 없었다면 이뤄내지 못했을 것으로 생각합니다.

··· 제1회 게릴라 발명대회

발명은 '누구나' 쉽게 참여할 수 있습니다. 하지만 대부분의 사람들이 발명은 어렵다고 생각하는 것이 아쉬웠습니다. 그래서 불특정 다수를 대상으로 '게릴라 발명대회'라는 실험적인 무대를 시도해보았습니다. 현장에서 사람들을 모아, 무작정 발명대회를 개최하는 것입니다. 성공적으로 마치게 될지는 아무도 몰랐습니다. 어쩌면 한 명도 오지 않을 수 있었습니다. 대회 시작 전 아이디어 창출 체험장을 열어 대회를 홍보했고 효과는 좋았습니다. 대회가 시작하고, 진행을 맡은 제가 발명에 대해 이야기할 때마다 사람들은 고개를 끄덕여주셨습니다. 대회는 성황리에 끝났습니다. 발명은 어렵다고만 생각했던 편견을 조금은 깨뜨렸다는 생각이 들어 뿌듯했습니다. 게릴라 발명대회는 매월 개최될 예정이며, 아이디어가 넘치는 사회를 만들고 싶습니다.

서울과학기술대학교 / 글로벌융합산업공학과 / 특성화고특별전형

1. 고등학교 재학 기간 중 학업에 기울인 노력과 학습 경험에 대해, 배우고 느낀 점을 중심으로 기술해 주시기 바랍니다(1,000자 이내).

발명·특허 특성화고로의 진학은 '무모한 도전'이었습니다. 모두들 인문계로 진학하여 공부만 열심히 하라고 하셨습니다. 하지만 전 창의성 교육과 발명이 좋았기 때문에 진학을 결정하였습니다. 그때부터 모든 고교 생활은 무모한 도전의 연속이었습니다.

첫째, 입학부터 도전이었습니다. 고1, 기술 기반의 창의적인 기업가를 양성하는 KAIST 차세대 영재기업인 교육원을 알게 되었고, 반드시 교육을 받고 싶어 편입을 지원했습니다. 전국에서 이뤄지는 편입은 엄청난 경쟁률을 뚫어야 했습니다. 더불어 최신 기술과 창의력을 요구하는 수준 높은 과제를 해결해야 했습니다. 교육원엔 특목고 학생들이 수두룩했지만, 특성화고 학생도 가능하다는 것을 증명하고 싶었습니다. 1년간 과제를 전부 A를 받고 합격하였습니다. 도전하고 혹독하게 노력하면 무엇이든 가능하다는 것을 깨달았습니다. 2년간 융합교육을 통해 다양한 경험을 하며 우수하게 수료하였습니다. 생각이 현실이 되는 교육은 2년간 제 가슴을 뛰게 해주었습니다.

둘째, 영어시험에 대한 도전입니다. 우리 학교는 3개 학과로 한 학과당 70명 남짓이라, 학과 안에서 주어진 1등급의 명예는 3명뿐이었습니다. 영어 점수는 항상 제자리였습니다. 변수는 듣기 시험이었습니다. 기회는 한 번뿐이었고, 왜인지 1.5배속으로 들린다는 친구들이 많을 만큼 속도가 빨랐습니다. 듣기보다 읽기가 먼저 되어야 한다고 생각했습니다. 강세, 연음법칙 등 영어의 발음 법칙을 공부하고 유사 단어의 발음 차이를 구별하였습니다. 후 1.7배속으로 설정해 매일 듣고 받아쓰기를 진행하며, 잘못된 발음과 모르는 단어를 정리했습니다. 심화된 공부를 위해 TED와 같은 명사들의 연설을 들으며 한계를 뛰어넘는 공부에 도전했습니다. 그 결과 3학년 1학기 2번의 영어시험에서 단독 만점을 받을 수 있었습니다. 단지 듣기만 했더라면 좋은 결과를 얻지 못했으리라 생각합니다. 문제를 분석하고 원인을 찾는 것이 중요하다는 것과 기본을 다지고 차차 실력을 쌓는 것이 참된 도리라는 것을 배웠습니다.

2. 고등학교 재학 기간 중 본인이 의미를 두고 노력했던 교내 활동을 배우고 느낀 점을 중심으로 3개 이내로 기술해 주시기 바랍니다. 단, 교외 활동 중 학교장의 허락을 받고 참여한 활동은 포함됩니다(1,500자 이내).

··· **직무발명, 기술이전**

학교와 MOU를 맺은 '네오피아'는 레고로 로봇을 만들고, 직접 프로그래밍까지 가능한 로봇 교구 '네오봇'을 판매/제조하는 기업입니다. 네오봇 연구 결과 프로그래밍 과정에서 카드와 같은 부수적인 부품이 필요하고, 그 단계가 복잡하다는 것이 단점이었습니다. 팀을 꾸려 '기업과 함께 하는 직무발명 프로젝트'에 참여하였고, 해결법으로 스마트폰 앱을 구상하였습니다. 앱은 프로그래밍을 간편히 할 수 있으며, 로봇의 조종까지 가능합니다. 앱의 프로토타입도 만들고, 시연 동영상도 제작하여 기업의 CEO 앞에서 발표하였습니다. 이를 특허출원하였고, 기업에 기술이전 시켰습니다. 기업이 해결하지 못하는 아이디어를 낸다는 건 쉽지 않은 일이었습니다. 밤낮없이 로봇을 연구하고 아이디어를 계속 개선하며, 기술이전은 꿈만 같은 일이었습니다. 하지만 이뤄내며 이는 열정의 힘이었다고 생각합니다. 또한, 기업으로부터 받은 기술이전비는 저소득층 아이들의 창의교육을 위해 전액 기부하여 더욱 값진 경험이었습니다. 앞으로도 가치 있는 발명으로 산업 발전에 이바지할 것입니다.

··· 세/바/아 토크 콘서트

서울시에서 주최하는 〈도시농업, 적정기술과 만나다〉 축제의 1시간은 저에게 달려있었습니다. 3,000여 명 앞에서, 토크 콘서트의 처음부터 끝까지 혼자서 기획과 진행을 하였습니다. 도시농업을 활성화하는 취지로 많은 사람들의 기대 속에 열리는 축제였기 때문에 부담감이 컸습니다. 막막하고 차라리 그만두고 싶은 마음뿐이었습니다. 하지만 믿어주신 분들을 실망시킬 수 없었으며 맡은 일이었고, 쌓아온 역량을 발휘할 좋은 기회였기 때문에 포기할 수 없었습니다. 마음을 고쳐잡고 생소했던 도시농업을 공부하였습니다. 기획하며 중점으로 둔 것은 '소통'입니다. 청중의 생각을 듣는 코너와 인터뷰를 많이 준비하였고, 청중이 참여할 수 있는 창의력 퀴즈를 많이 준비해 총 4부로 구성하였습니다. 점점 자신감이 생겨 갈수록 설레는 기분만 들었습니다. 세상을 바꾸는 아이디어 토크 콘서트는 성황리에 끝났습니다. 고교 시절 마지막으로 자신을 한계를 넘었다, 자신과의 싸움에서 이겼다는 생각에 가슴이 벅찼습니다. 마지막 청중들의 박수에 눈물이 나올 것 같았습니다. 두려워 도망치지 않았으며 기회를 놓치지 않은 자신이 자랑스러웠습니다.

… **발명 슬럼프 극복기**

"대기만성이라고 했다." 노력한 만큼 성과가 좋지 않아 우울해하는 저에게 선생님께서 하신 말씀입니다. 입학 후 1년간 발명 슬럼프에 빠졌습니다. 많은 발명대회에 아이디어를 냈지만 돌아오는 건 탈락이었습니다. 2학년, 끝까지 도전하자, 결심하여 사고를 줄이는 아이디어를 생각했습니다. 스프링으로 제설을 간편하게 하여 비닐하우스 붕괴를 막는 아이디어였고, 처음으로 좋은 결과를 거두었습니다. 그동안의 문제점은 2가지였습니다. 오직 나만 필요로 하는 발명이었고, 현실 가능성을 제대로 고려하지 않았습니다. 깊은 조사 없이 나의 생각에 자부심만을 갖고 인정해주기를 바랐습니다. 단지 결과뿐 아니라 그 과정 또한 성장해야 한다는 것을 깨달았습니다.

3. 학교생활 중 배려, 나눔, 협력, 갈등 관리 등을 실천한 사례를 들고, 그 과정을 통해 배우고 느낀 점을 기술해 주시기 바랍니다(1,000자 이내).

… **공감의 힘**

Glocal Bridge 인재 양성 협회는 발명으로 뭉쳐진 동아리입니다. 매주 저소득층 아이들을 위해 학교에서 배운 아이디어 창출법, 특허 지식을 바탕으로 초, 중학생 대상의 수업을 하는 창의 재능기부 봉사활동을 합니다. 처음 아이들은 저희에게 심한 장난을 치며 살짝 거리를 두는 느낌을 받았습니다. 전 Glocal 협회의 회장을 맡고 있어, 무거운 책임감을 느꼈습니다. 아이들에게

'봉사'의 느낌을 주고 싶지 않았습니다. 봉사는 '불우한 이웃을 돕는다'라는 느낌이라, 아이들에게 자신이 불우하다는 생각을 들게 하고 싶지 않았습니다. 우리의 진심을 보여줄 수 있는 계기를 만들고 싶었습니다. 그래서 전 '예쁜 소리 음악회'를 개최했습니다. 아이들은 합창, 연주를 준비해왔습니다. 저 또한 사회를 보며 연습한 춤을 선보였습니다. 단지 일방적인 자선이 아닌 모두가 공감하며 하나가 되는 축제를 만들었습니다. 이후 아이들과 저희들은 가까워졌습니다. 무겁던 책임감을 슬기롭게 해결한 자신이 자랑스러웠습니다.

… 리더의 역할

문제가 하나 더 있었습니다. 봉사는 하교 후에 이루어졌고, 복지관까지 30분 정도를 걸어가야 했습니다. 후배들이 봉사에 빠지고, 시간에 늦는 일이 점점 발생했습니다. 결국엔 1명이 5명을 가르치는 일이 발생하였습니다. 복지관 아이들을 볼 면목이 없었습니다. 저의 태도에 문제가 있었습니다. 리더로서 결단력이 부족하였고, 문제가 심각해질 때까지 조치를 취하지 않았습니다. 해이한 봉사 규칙을 바꾸었습니다. 한 학생 당, 한 선생님, 1인 1멘토를 정확히 정했습니다. 봉사 시작 전 봉사 계획표를 짜게 했으며 빠지게 되면 1주일 전에, 다른 선생님에게 자신의 학생을 맡기는 형식으로 진행하였습니다. 지키지 않는다면 앞으로 봉사는 힘들 것이라고 단언하였습니다. 이후의 봉사는 체계적으로 진행되었습니다. Glocal 학생들의 의견을 수용만 하며 화목한 분위기만 조성하려 했던 것을 뉘우쳤습니다. 결단력과 부드러운 카리스마가 조화를 이루어야 한다는 것을 배웠습니다.

4. 모집단위 관련 지원 동기와 지원 분야의 진로계획을 위해 어떠한 노력과 준비를 했는지 기술해 주시기 바랍니다(1,000자 이내).

… New路 마케팅 논문

뉴로 마케팅은 백지에서 논문까지, 새로운 길을 개척하는 힘을 길러주었습니다. 뉴로 마케팅이란 소비자의 무의식에 침투해 구매를 촉진하는 광고법입니다. 관련 기법인 '서브리미널 효과'는 인간이 쉽게 인지할 수 없는 음향, 문구 등을 영상이나 그림 광고에 삽입해 뇌의 잠재의식에 영향을 미치는 효과입니다. 이 효과가 '실제 소비자의 선택에 영향을 미치는가'를 증명하고 싶었습니다. 관심 있는 친구들을 모았지만 모두 뇌 과학이나 마케팅에 대한 기초지식이 없는 '백지 상태'였습니다. 5가지 실험의 프로토콜을 짜고, 실험에 돌입했지만 정확한 결과는 마지막 실험뿐이었습니다. 수많은 시행착오가 있었기 때문에 정확한 결과가 나왔으리라 생각합니다. 결론은 '소비자가 앞부분에 광고 및 제품을 접하는 것이 무의식적으로 기억에 오래 남는다'였고, 정리하여 논문을 썼습니다. 알고자 하고 하고자 하는 의지가 없었다면 이뤄내지 못했을 것으로 생각합니다.

… 제1회 게릴라 발명대회

발명은 '누구나' 쉽게 참여할 수 있습니다. 하지만 대부분의 사람들이 발명은 어렵다고만 생각하는 것이 아쉬웠습니다. 그래서 불특정다수를 대상으로, '게릴라 발명대회'라는 실험적인 무대를 시도해보았습니다. 이 대회가 성공적으로 마치게 될지는 아무도 몰랐습니다. 어쩌면 한 명도 오지 않을 수 있는 상황이었습니다. 본격적인 대회를 시작하기 전 RSp, 제품에서 배우는 과학원리를 체험할 수 있는 체험장을 만들어 지나가는 사람들을 모아 아이디어 창출을 진행하며 대회를 홍보했습니다. 대회 시간이 점점 다가오며, 대회장은 사람들로 차차 차갔습니다. 마침내 대회는 성공적으로 개최되었습니다. 저는 진행을 맡았습니다. 제가 발명에 대해 이야기할 때마다 고개를 끄덕여주셨습니다. 발명은 어렵다고만 생각했던 편견을 조금은 깨뜨렸다는 생각이 들어 뿌듯했습니다. 게릴라 발명대회는 매월 개최될 예정이며, 아이디어로 넘치는 사회를 만들고 싶습니다.

서강대학교 / Art&Technology /자기주도전형(학생부종합)

---

1. 고등학교 재학 기간 중 학업에 기울인 노력과 학습 경험에 대해, 배우고 느낀 점을 중심으로 기술하기 바랍니다.

발명·특허 특성화고로의 진학은 '무모한 도전'이었습니다. 모두들 인문계로 진학하여 공부만 열심히 하라고 하셨습니다. 하지만 전 창의성 교육과 발명이 좋았기 때문에 진학을 결정하였습니다. 그때부터 모든 고교 생활은 무모한 도전의 연속이었습니다.

첫째, 입학부터 도전이었습니다. 고1, 기술 기반의 창의적인 기업가를 양성하는 KAIST 차세대 영재기업인 교육원을 알게 되었고, 반드시 교육을 받고 싶어 편입을 지원했습니다. 전국에서 이뤄지는 편입은 엄청난 경쟁률을 뚫어야 했습니다. 더불어 최신 기술과 창의력을 요구하는 수준 높은 과제를 해결해야 했습니다. 교육원엔 특목고 학생들이 수두룩했지만, 특성화고 학생도 가능하다는 것을 증명하고 싶었습니다. 1년간 과제를 전부 A를 받고 합격하였습니다. 도전하고 혹독하게 노력하면 무엇이든 가능하다는 것을 깨달았습니다. 2년간 융합교육을 통해 다양한 경험을 하며 우수하게 수료하였습니다. 생각이 현실이 되는 교육은 2년간 제 가슴을 뛰게 해주었습니다.

둘째, 영어시험에 대한 도전입니다. 우리 학교는 3개 학과로 한 학과당 70명 남짓이라, 학과 안에서 주어진 1등급의 명예는 3명뿐이었습니다. 영어 점수는 항상 제자리였습니다. 변수는 듣기 시험이었습니다. 기회는 한 번뿐 이었고, 왜인지 1.5배속으로 들린다는 친구들이 많을 만큼 속도가 빨랐습니다. 듣기보다 읽기가 먼저 되어야 한다고 생각했습니다. 강세, 연음법칙 등 영어의 발음 법칙을 공부하고 유사 단어의 발음 차이를 구별하였습니다. 후 1.7배속으로 설정해 매일 듣고 받아쓰기를 진행하며, 잘못된 발음과 모르는 단어를 정리했습니다. 심화된 공부를 위해 TED와 같은 명사들의 연설을 들으며 한계를 뛰어넘는 공부에 도전했습니다. 그 결과 3학년 1학기 2번의 영어시험에서 단독 만점을 받을 수 있었습니다. 단지 듣기만 했더라면 좋은 결과를 얻지 못했으리라 생각합니다. 문제를 분석하고 원인을 찾는 것이 중요하다는 것과 기본을 다지고 차차 실력을 쌓는 것이 참된 도리라는 것을 배웠습니다.

2. 고등학교 재학 기간 중 본인이 의미를 두고 노력했던 교내 활동을 배우고 느낀 점을 중심으로 3개 이내로 기술하기 바랍니다. 단, 교외 활동 중 학교장의 허락을 받고 참여한 활동은 포함됩니다.

… 세/바/아 토크 콘서트

서울시에서 주최하는 〈도시농업, 적정기술과 만나다〉 축제의 1시간은 저에게 달려있었습니다. 3,000여 명 앞에서 토크 콘서트의 처음부터 끝까지 기획과 진행을 하였습니다. 도시농업을 활성화하는 취지로 많은 사람들의 기대 속에 열리는 축제였기 때문에 부담감이 컸습니다. 막막하고 차라리 그만두고 싶었지만 믿어주신 분들과, 맡은 일이었고, 쌓아온 역량을 발휘할 좋은 기회였기 때문에 그만둘 수 없었습니다. 마음을 고쳐잡고 생소했던 도시농업을 공부하였습니다. 기획하며 중점으로 둔 것은 '소통'입니다. 청중의 생각을 듣는 코너와 인터뷰를 많이 준비하였고, 청중이 참여할 수 있는 창의력 퀴즈을 준비해 총 4부로 구성하였습니다. 자신감이 생겨 갈수록 설레는 기분만 들었습니다. 토크 콘서트는 성황리에 끝났습니다. 고교 시절 마지막으로 자신을 한계를 넘었다, 자신을 이겼다는 생각에 가슴이 벅찼습니다. 청중들의 박수에 눈물이 나올 것 같았습니다. 두려워 도망치지 않았으며 기회를 놓치지 않은 자신이 자랑스러웠고, 기획의 매력에 빠지게 되었습니다.

… STEAM, 융합의 딸

"엄마는 네가 더 넓은 세상을 경험했으면 좋겠어."

하고 싶은 발명 공부를 하기 위해 결정했지만, 특성화고를 오며 사실 조금은 불안했던 저에게 어머니는 힘을 주셨습니다. 본교 MIST 발명특허 영재원의 STEAM by RSp라는 교육방침 아래 3년간 공부했습니다. 제품에서 출발하여 과학 원리를 배우며 과학, 기술, 공학, 예술, 수학을 아우르는 다양한 학문을 통한 융합교육으로 자신이 잘하는 것이 무엇인지 알게 되었습니다. 작동원리는 복잡하지만 하는 일은 단순한 기계, 골드버그 장치는 STEAM 융합교육의 마무리였습니다. '망치로 못을 박아라'가 장치의 주제였습니다. 조장을 맡은 전 스토리가 있는 장치를 만들고 싶어 '인생'을 생각하였습니다. 처음 노트북의 화면에서 남녀가 만나 아기를 낳고, 쇠공이 굴러가며 인생이 시작됩니다. 여러 장치의 과정을 지나 자동차 사고로 자동차가 못을 관에 박으며 끝납니다. 골드버그 안 스토리텔링으로 극찬을 받고 훗날 골드버그 수업의 본보기가 되었습니다. 융합교육은 잠재력을 끌어내는 교육이라 생각되었고, 다양한 사고, 넓은 시야를 갖게 해주었습니다.

… 직무발명, 기술이전

학교와 MOU를 맺은 '네오피아'의 직무발명을 하였습니다. 레고로 로봇을 만들고, 프로그래밍까지 가능한 로봇교구를 판매/제조하는 기업입니다. 로봇 연구결과 프로그래밍 과정에서 카드와 같은 부수적인 부품이 필요하고, 그 단계가 복잡했습니다. 이를 해결하고자 스마트폰 앱을 구상하였습니다. 앱에서 프로그래밍을 하여 조종까지 가능한 아이디어입니다. 이를 특허출원하여 기업에 기술이전 하였습니다. 기업이 해결하지 못하는 아이디어를 낸다는 건 쉽지 않은 일이었습니다. 밤낮없이 아이디어를 계속 개선하며, 기술이전은 꿈만 같은 일이었습니다. 하지만 이뤄내며 이는 열정의 힘이었다고 생각합니다. 기술이전비 전액은 저소득층 아이들의 창의교육을 위해 전액 기부하여 또한 값진 경험이었습니다.

3. 학교생활 중 배려, 나눔, 협력, 갈등 관리 등을 실천한 사례를 들고, 그 과정을 통해 배우고 느낀 점을 기술하기 바랍니다.

… 공감의 힘

Glocal Bridge 인재 양성 협회는 발명으로 뭉쳐진 동아리입니다. 매주 저소득층 아이들을 위해 학교에서 배운 아이디어 창출법, 특허 지식을 바탕으로 초, 중학생 대상의 수업을 하는 창의 재능기부 봉사활동을 합니다. 처음 아이들은 저희에게 심한 장난을 치며 살짝 거리를 두는 느낌을 받았습니다. 전 Glocal 협회의 회장을 맡고 있어, 무거운 책임감을 느꼈습니다. 아이들에게 '봉사'의 느낌을 주고 싶지 않았습니다. 봉사는 '불우한 이웃을 돕는다.'라는 느낌이라, 아이들에게 자신이 불우하다는 생각을 들게 하고 싶지 않았습니다. 우리의 진심을 보여줄 수 있는 계기를 만들고 싶었습니다. 그래서 전 '예쁜 소리 음악회'를 개최했습니다. 아이들은 합창, 연주를 준비해왔습니다. 저 또한 사회를 보며 연습한 춤을 선보였습니다. 단지 일방적인 자선이 아닌 모두가 공감하며 하나가 되는 축제를 만들었습니다. 이후 아이들과 저희들은 가까워졌습니다. 무겁던 책임감을 슬기롭게 해결한 자신이 자랑스러웠습니다.

… 리더의 책임

문제가 하나 더 있었습니다. 봉사는 하교 후에 이루어졌고, 복지관까지 30분 정도를 걸어가야 했습니다. 후배들이 봉사에 빠지고, 시간에 늦는 일이 점점 발생했습니다. 결국엔 1명이 5명을 가르치는 일이 발생하였습니다. 복지관 아이들을 볼 면목이 없었습니다. 저의 태도에 문제가 있었습니다. 리더로서 결단력이 부족하였고, 문제가 심각해질 때까지 조치를 취하지 않았습니다. 해이한 봉사 규칙을 바꾸었습니다. 한 학생 당, 한 선생님, 1인 1멘토를 정확히 정했습니다. 봉사 시작 전 봉사 계획표를 짜게 했으며 빠지게 되면 1주일 전에, 다른 선생님에게 자신의 학생을 맡기는 형식으로 진행하였습니다. 지키지 않는다면 앞으로 봉사는 힘들 것이라고 단언하였습니다. 이후의 봉사는 체계적으로 진행되었습니다. Glocal 학생들의 의견을 수용만 하며 화목한 분위기만 조성하려 했던 것을 뉘우쳤습니다. 결단력과 부드러운 카리스마가 조화를 이루어야 한다는 것을 배웠습니다.

4. 지원전공을 선택한 이유와 대학 입학 후 학업 또는 진로계획에 대해 기술하기 바랍니다.

저에겐 같은 길을 걷는 인생의 동반자가 있습니다. 그분은 고등학교 1년 선배로, A&T을 알게 된 건 선배 덕분입니다. 선배와 저는 발명을 통한 융합교육으로 함께 성장하며 오래 울고 웃었습니다. 저보다 한 발 앞에 서서 항상 많은 것을 보여주고 들려주려 합니다. 선배의 A&T 입학 후, A&T에 관한 많은 이야기를 들으며 A&T는 제 마음 속에 깊숙이 꽂혔습니다. 특히 인문학과 창의성 과목의 마이너리티 인터뷰, 자신의 잃어버린 기억 찾기와 크리에이티브 컴퓨팅 과목의 공공데이터를 이용한 앱 개발이 과제라는 것을 알았을 땐 새로운 혁신으로 다가왔고, 그런 창의력을 펼치는 교육을 받는다는 것이 부러웠습니다. 멘토링 데이, ATC, 신영균 해외탐방 등 A&T만의 프로그램 또한 자신을 무한히 발전시킬 수 있는, 꿈을 펼치기 위한 기막힌 무대라는 생각이 들었습니다. 전 배우고 싶고, 하고 싶은 것이 너무나 많습니다. A&T에서 다양한 학문을 통해 하고 싶은 공부를 마음껏 하고, 끊임없이 자기성찰을 하며 뚜렷한 진로를 찾을 수 있을 것이라는 확신이 들었습니다. 현재 관심이 가는 것은 적정기술입니다. 어렵고 쓰기 힘든 거대 기술이 아닌 적은 자본, 간단한 기술을 활용하며 그 과정에서 인간이 소외되지 않는다는 점에서 매력을 느꼈습니다. 굶주리는 나라의 사용자의 필요성과 시장 상황을 연구해 발명품을 만들어 적정기술 비즈니스를 하고 싶습니다. 일회적인 구호가 아닌 자립할 수 있는 적정기술 발명품을 통해 세계의 빈곤 퇴치에도 기여하고 싶습니다. 뿐만 아니라 다양한 분야의 적정기술을 개발해보고 싶습니다. 또한, A&T에 입학해 발명동아리를 만들고 싶습니다. 선배와 저는 발명과 융합교육으로 다져졌기 때문에, A&T 안에서 발명, 창업활동을 함께 이어간다면 최고의 시너지효과가 나타날 것입니다. 제 고교 시절 3년은 끊임없이 두뇌 회전을 하며 발명하고, 다양한 학문을 통한 융합적인 활동으로 '쉼 없이 달려온 준비운동'에 불과합니다. 이제 A&T에서 꿈을 향한 기나긴 마라톤을 시작하고 싶습니다.

알바트로스전형과 다른점 ➜ 4번 적정기술 이야기
발명 안에서 또 다른 차별점을 주기 위해 적정기술 작성

함께 꿈을 꾸고, 꿈을 이루는 우리들

혜진 & 혜린이의 추억일기

1 함께 상받는 우리들 - 고등학생
2 (주)네오피아 성신웅사장님과 멘토링 중
3 장기자랑 (왼쪽에서 두번 째 혜진/맨 오른쪽 혜린)
4 혜진이의 고등학교 졸업식
5 대학생이 된 혜진이, 고3혜린

6-1 서강 융합기술경진대회 시상식

우수상

6 함께 상을 받는 우리들– 대학생
7 제주도 서귀포 과학고등학교 멘토링 중 찰칵
8 학과 잠바 입고 찰칵
9 발명영재교육원 멘토링 휴식시간

10 바다 앞에서
11 함께 간 서강대 창업캠프
12 부산여행
13 부산 태종대에서
14 발명동아리 회식
15 후배들과의 만남

14

15